# Prisma

Mary Chiara Malavasi

Prisma

Pubblicato da Edizioni Open, Roma © 2026

Foto cover: © Giovanna Iannoccari
Illustrazioni: © Manuel Giovanardi – Cobalto
© Clara Tosello – Il pianeta a strati
© Chiara Borroni – Spazio Liminale

ISBN: 9791281128330

Revisione testo: Sergio Simioni
Editing: Tiziano Pitisci
Impaginazione: Micol Fusca



Edizioni Open di Tiziano Pitisci | P.IVA 16134571005

Videopresentazione a cura dell'Autore

Per visualizzare il video, inquadra il presente QR code con la fotocamera del tuo smartphone:

*Alle* me *bambina e adolescente:*
*sappiate che ce l'abbiamo fatta!*

# Cobalto

Per visualizzare la videopresentazione di *Cobalto,* inquadra il presente QR code con la fotocamera del tuo smartphone:

# 1.
# Non dovrebbero sopravvivere

Continuò a correre nel caos; le persone si spintonavano, le camere bianche, vuote e quadrate, creavano una sensazione di claustrofobia e gli allarmi stordivano.

L'ascensore, anch'esso bianco e quadrato, sussultava ed emetteva soffi quando le bombole dell'ossigeno si attivavano. Le pareti tremavano a causa della crescente velocità. Parevano stringersi.

L'acqua non la bagnò grazie alla membrana.

Un cavo le ciondolò tra le cosce.

Tra le dita le rimasero intere ciocche di capelli.

***

Quando si svegliò, il sole era prossimo al tramonto: il cielo rosso macchiato di nuvole bianche si incontrava all'orizzonte con la vasta campagna, un leggero venticello fresco disturbava le foglie sugli alberi pronti per la primavera e a una a una le cicale lasciarono il posto ai grilli. Il mondo sembrava un posto sicuro.

Ursula si alzò dal materasso lercio e si diresse verso l'uscita del capannone. Fu attirata dal suo riflesso sul vetro del portone: le labbra, a sinistra, erano socchiuse a causa di un tubo che usciva e terminava all'interno dell'orecchio e aprendo la bocca ne notò un altro che scendeva lungo la gola. Si consolò pensando che prima del disastro, tre anni or sono, avrebbero potuto essere accessori di alta moda.

Una volta arrivata in aperta campagna si sedette sull'erba fresca. Tolse le scarpe per ricordare quando da bambina correva scalza nei campi. Memorie infrante dalla vista dei cavi elettrici che avevano sostituito le vene sul dorso dei piedi.

Uno stridio lontano tagliò l'aria come una lama invisibile. Ursula si voltò di soprassalto non per il rumore in sé, ma per essersi stupita di quanto la mutazione avesse progredito velocemente. Quella "cosa" le era alle calcagna da un paio di giorni; avrebbe potuto seminarla, eppure un po' di compagnia non le dispiaceva.

*Certo che è bizzarra la vita: quarant'anni suonati senza mai essere riuscita a diventare madre, mi ritrovo con un bambinone di venti tonnellate che mi segue come se l'avessi abbandonato all'asilo. Maledetto karma.*

Un allarme distorto mise sull'attenti ogni fibra muscolare e meccanica di Ursula: ce n'erano altre. Poi un tramestio metallico si mischiò a quello che pareva un urlo di dolore maschile. Nel vuoto dei campi e nel buio della notte, ogni rumore pareva avere infinite origini.

Ursula, stoica, appoggiò a terra un ginocchio e tenne l'altra gamba piegata, pronta per darsi lo slancio se ci fosse stata la necessità di fuggire. Sondò la campagna tramite quei tubi che una volta erano capelli, ora strumenti di ecolocalizzazione. La tensione divenne tale che i pistoni all'interno dei muscoli femorali arretrarono, pronti per un'esplosione di velocità.

Silenzio. Troppo silenzio.

Sulla destra, due enormi fanali, una creatura tre volte più grande di una mietitrebbia.

Ursula coprì il viso, accecata da luci potenti come fari. Qualcosa la colpì tanto violentemente sul fianco da scaraventarla a parecchi metri di distanza. A terra, con il respiro strozzato e la vista annebbiata, l'unica cosa che riuscì a pensare fu a quanto fosse assurdo che le Macchine non l'avessero ancora inglobata.

Appena si girò supina, vide schizzare una lunga frusta di cavi elettrici verso la Macchina che l'aveva colpita. L'impatto fece volare pezzi meccanici e umani. Ursula rimase immobile mentre prima due, poi tre Macchine iniziarono una battaglia per decretare chi avrebbe inglobato chi.

In lontananza dei fulmini illuminarono il cielo sopra la zona industriale situata ai margini della città. Quest'ultima si trovava ad almeno venti chilometri in linea d'aria, ma per Ursula era l'unica possibile salvezza.

Un pistone aprì un buco nel terreno a pochi metri da lei. Le Macchine si erano dimenticate della sua presenza, troppo impegnate a smembrare pezzi delle avversarie. Ursula colse l'occasione per fuggire: si alzò, saltò per non essere falciata da un agglomerato di verghe e braccia, poi scivolò sotto un'enorme piastra di metallo e, infine, come una piovra, usò i cavi sulla testa per aggrapparsi e lanciarsi nel campo di grano.

Rimase acquattata, immobile come un animale che si finge morto. Di tanto in tanto qualche rottame o pezzo umano le sfrecciava sulla testa o, addirittura, la sfiorava.

Trascorsero ore prima che il vincitore inglobasse i due sconfitti, tra cui la Macchina che per giorni aveva seguito Ursula. Le dispiacque sinceramente per quel bambinone di venti tonnellate.

Quando si rialzò la Macchina era ormai lontana, il sole di mezzogiorno alto nel cielo e l'odore di pioggia sempre più vicino. Ursula pensò che il temporale l'avrebbe protetta. Poi il pensiero si trasformò in incertezza, dato che pure l'aperta campagna avrebbe dovuto tenerla al sicuro.

Corse fino alla fine del campo, aiutata dagli instancabili pistoni che le garantivano una velocità di settanta chilometri orari. Poggiati i piedi sull'asfalto, il cielo rilasciò le prime gocce. Per Ursula fu un tuffo nel passato: con un tempo del genere si sarebbe chiusa in una caffetteria a bere un cappuccino e a leggere un romance smielato; avrebbe fantasticato sulla sua storia d'amore, quella che prima o poi sarebbe arrivata donandole un matrimonio, due figli e un labrador.

Ma a ogni passo in quei vicoli fatiscenti, quella vita sembrava appartenerle sempre meno: i negozi saccheggiati, le vetrine rotte, i centri commerciali deserti, i palazzi avvolti dal silenzio…

«Una Macchina!»

Ursula si spaventò a causa delle grida di una ragazzina: si nascondeva dietro a un bidone della spazzatura e la indicava con l'indice; sembrava intimorita, ma non abbastanza da scappare a gambe levate.

Ursula volle comunque tranquillizzarla: «Non ti farò del male».

«Questo è certo» rispose lei.

Ancor prima che la donna riuscisse a elaborare, qualcuno la attaccò alle spalle. Era ancora costretta nella morsa del suo assalitore, quando un inesperto colpo di pistola lambì il braccio dell'aggressore, dando la possibilità a Ursula di liberarsi. Con la coda dell'occhio vide un neutralizzatore legato alla cinta dell'uomo: lo afferrò, glielo puntò al petto e sparò convinta che l'avrebbe intontito come accade agli umani, ma si contorse a terra come una Macchina.

La ragazzina, con ancora la pistola fumante in mano, gridò e indicò un punto sulla sommità del palazzo. Questa volta era davvero terrore: una Macchina con lunghe appendici stava puntando tutti e tre.

Ursula era in preda allo sgomento. «Non possono sopravvivere sotto il temporale.»

L'uomo, che essendo ancora per lo più umano si era ripreso in fretta, la corresse: «Non dovrebbero».

Una serie di luci colorate sulla testa della Macchina iniziò a schizzare da una parte all'altra, come se fossero occhi indemoniati di un ragno robotico. Si piegò lentamente emettendo un suono simile a quello di un lavandino intasato. I malcapitati rimasero immobili, consapevoli che correre sarebbe stata una condanna a morte.

«Donna, lo vedi anche tu?» domandò lui osservando alcune luci intermittenti.

Ursula non rispose. Continuò a osservare la Macchina avvicinarsi al suolo, fino a fermarsi a metà dei due palazzi: a causa della pioggia era andata in cortocircuito.

## 2.
## Un giorno qualsiasi

«Ti dai una mossa?» incitò Max spazientito. «Non abbiamo tutto il giorno.»

«Quanto sei scorbutico. Mia mamma mi avrebbe lasciato il tempo necessario.»

«Ma io per fortuna non sono tua madre. Sam!»

La ragazzina uscì dal camerino in preda all'emozione: finalmente stava indossando la tuta che aveva sempre desiderato, quella che mamma non le aveva mai comprato perché "Hai il culo grosso". Inoltre, pensò Sam, non era nemmeno più una questione di soldi: c'era l'apocalisse, a chi sarebbe importato se non l'avesse pagata?

L'unico che stava pagando era Max, ma in termini di salute mentale. «Sam, dobbiamo andare!»

«Rilassati, sta arrivando un bel temporale. Le Macchine si beccheranno un cortocircuito prima di riuscire ad avvicinarsi.»

Max scosse la testa poco convinto: il problema stava nella direzione da cui proveniva il temporale, ossia dalla zona industriale piena zeppa di macchinari. Questo significava che avrebbero cercato riparo in un'area più isolata per evitare i fulmini, ma abbastanza ricca di dispositivi elettronici per potersi insediare. Quale luogo migliore di una città deserta?

«Fossero solo le Macchine il problema...» borbottò l'uomo tra sé e sé.

Un tuono rimbombò tra le pareti del negozio. Max,

spazientito, caricò lo zaino in spalla e disse a Sam che aveva tutta l'intenzione di lasciarla lì. Solo a quel punto la ragazza lo seguì.

L'allarme dell'antitaccheggio suonò all'improvviso. I due si bloccarono con il cuore in gola.

«Fermi dove siete! Mettete le mani dietro la testa, lentamente!»

«D'accordo amico, ma non sparare. C'è una ragazzina con me.»

A Max scappò quasi da ridere, perché Sam, faccia tosta com'era, sarebbe stata capace di prenderlo a calci nel culo se si fosse trovato girato nella direzione sbagliata.

Da dietro uno scaffale, l'estraneo allungò il braccio di lato mostrando un oggetto simile a un cellulare. «Fatevi scannerizzare e nessuno si farà male.»

«Cosa succederà se risulteremo in fase di mutazione?»

«Sarete abbattuti come da protocollo.»

Max si voltò sicuro di trovare Sam, ma lei era sparita. In quel momento le mani sulla testa assunsero tutt'altro significato.

«Altrimenti?» temporeggiò cercandola con lo sguardo.

«Sarete portati al rifugio con gli altri superstiti.»

Le parole "rifugio" e "superstiti" resero, per un attimo, piatto l'encefalogramma di Max. Rinsavì quando vide sotto uno scaffale l'ombra di due scarpine con la zeppa sgattaiolare verso l'uomo con lo scanner. Quello che non poteva sapere, però, era che Sam si stava portando appresso una guaina di gomma piena di cavi elettrici recisi. Umano o Macchina, lo avrebbe fritto come un anello di cipolla.

Il colpo non solo fece esplodere tutti i neon sul soffitto e una centralina, ma anche l'obbiettivo.

«È una Macchina!» gridò tra le scintille e qualche fiammata.

Max fece capolino e constatò che la faccia era un ammasso di schede elettroniche priva di occhi, motivo per cui la ragazzina aveva agito indisturbata. Le toppe sul giubbino logoro dicevano che, un tempo, era un esploratore e la targhetta riportava nome, cognome e numero di matricola. Nonostante la mutazione, era rimasto dedito al suo incarico fino alla fine.

«C'è solo lui» disse Sam orgogliosa di sé. «Ho controllato tutto il negozio mentre tu stavi qui a cagarti addosso.»

«Non hai sentito quello che ha detto? Ha parlato di un rifugio! Per me ormai è troppo tardi, ma tu potresti aspirare a una vita normale.»

Dallo stomaco le montò una tale rabbia da farla tremare e diventare paonazza. «Io non voglio una "vita normale"! Per quindici anni la "vita normale" è stata mio padre ubriaco che picchiava mia madre, e mia madre che scaricava la frustrazione su di me, dicendomi che ero io la causa di tutti i mali, solo perché sono nata! Quindi no, che si fotta il rifugio! Preferisco stare in mezzo alle Macchine; almeno loro quando colpiscono uccidono all'istante senza farti soffrire.»

Puntualizzò di non stare per scoppiare a piangere: doveva a tutti i costi trattenere le lacrime per fare un dispetto ai genitori e avere la sua piccola rivincita.

Max rimase in silenzio. Aveva captato più volte diversi segnali di un'infanzia traumatica, ma aveva evitato di approfondire.

Ripensò a sua moglie e a sua figlia, entrambe inglobate, e alla vita felice che aveva prima del disastro. Ripensò anche all'amante con cui aveva condiviso il letto gli ultimi tre anni. Si domandò quale fine avesse incontrato, dando ormai per scontato che non fosse sopravvissuta.

Sam gli ricordava la sua bambina: schietta, cocciuta e insolente, ma anche sveglia, determinata e intelligente. Una parte di lui era convinta che se l'avesse accompagnata sana e salva al rifugio, allora, in qualche modo, anche una parte di sua figlia sarebbe sopravvissuta. D'altro canto, era consapevole che ogni persona è a sé e per questo non si può decidere per le vite altrui.

«Prendi.»

Max le passò la pistola che la Macchina teneva nel fodero, per sé tenne lo scanner e il neutralizzatore.

«Ce n'è un'altra» bisbigliò Sam mentre osservava oltre il vetro.

«Corri dietro al cassonetto. Questa la faccio fuori io.»

Il bersaglio camminava lungo la via osservando l'interno dei negozi: era una figura umanoide, con lunghi tubi che partivano dalla testa e scivolavano lungo la schiena.

Max e Sam si scambiarono un'occhiata d'intesa.

«Una Macchina!» gridò fingendosi spaventata.

## 3.
## Nessuno scampo

«Non tutto il male vien per nuocere.» Il tono di Max lasciava trapelare tutta la sua soddisfazione.

«Se non teniamo conto della puzza dei cadaveri» rispose Sam.

Ursula sospirò senza porsi il problema su chi avesse torto o ragione. Continuò a fissare il falò composto da una lastra d'acciaio, legna di fortuna e qualche pezzo umano raccattato dalla Macchina.

«Secondo voi bruciano meglio le gambe o le braccia?» La ragazzina aveva un sorriso impertinente sul volto.

«Sam!»

I due presero a litigare, mentre Ursula li guardava esausta, girando di tanto in tanto il ratto gigante sullo spiedo.

Sedati i bollenti spiriti, la cena fu suddivisa in parti uguali. Non un pasto di lusso, gommosa e fibrosa com'era la carne, ma bastò per rompere il ghiaccio con qualche commento in merito a essa. In particolare, Max convenne che se non l'avessero ucciso le miriadi di malattie contenute nell'animale, non lo avrebbero di certo fatto le ulcere.

A quelle parole, Ursula alzò la testa. «Posso domandarti da dov'è partito?»

«Intestino; ho il Morbo di Crohn. Mi consola il fatto che i ratti, si sa, creano stitichezza.»

«Dovrebbe consolarti anche il colore del tuo sangue.

È ancora rosso.»

In quel momento Max si accorse di essere rimasto ferito al fianco durante la colluttazione con Ursula. «Già. Cerco di godermelo finché non inizieranno a spuntarmi dei tubi in testa.»

«Fossi in te, con la pelata che hai, mi accontenterei di un paio di viti.»

Colsero l'ironia l'uno dell'altra e questo li fece ridere di gusto. Sam tirò fuori la lingua per far notare che la situazione stava diventando troppo smielata.

Anche l'uomo si interessò: «E tu? Qual è la tua storia?»

Il sorriso di Ursula lasciò il posto a due sopracciglia corrugate e al magone che le strozzò il respiro. Si toccò la pancia, percependosi come un involucro vuoto, arido e sterile.

«Io...»

«Guardate là!» Sam indicò la finestra di un appartamento all'ultimo piano di un palazzo, illuminato da una luce intermittente.

Aggiunse di essere certa che aveva iniziato a lampeggiare quando si era messa a guardare, come se qualcuno o qualcosa volesse attirare l'attenzione. Ursula e Max rifletterono ad alta voce:

«Una Macchina? Superstiti?» ipotizzò voltandosi verso le due donne.

«Le Macchine non avvisano, uccidono. E se fossero superstiti—»

«Potrebbero essere intrappolati. O la trappola potrebbero tenderla a noi» intervenne Sam.

Ursula rimase colpita dalla sua freddezza, come se

per lei l'apocalisse fosse la normalità.

Evitarono l'ascensore per timore che qualche Macchina si fosse fusa con l'impianto elettrico. Alla seconda rampa di scale Sam iniziò a lamentarsi per la fatica, alla terza Max sbottò e alla quarta Ursula si era già pentita di averli seguiti. Quest'ultima guardò la tromba delle scale: mancavano ancora quarantasei piani.

A metà percorso, notarono dei cavi attaccati alle pareti che s'infittivano più ci si avvicinava all'appartamento interessato, ossia il numero duecento.

«Secondo voi cosa significa?» chiese l'uomo.

Ursula, lambendo il muro con i polpastrelli, rifletté qualche istante, poi rispose: «La vera domanda è "perché non ci ha ancora attaccati?"»

Sam rimase zitta, perché, dopo tanto tempo, provò paura: l'attesa prima della scoperta la riportò a quando suo padre stava per tornare a casa, ma non sapeva in quale stato.

La porta del duecentesimo appartamento non esisteva più, al suo posto c'era un tunnel di schede elettroniche e cavi. Entrarono: l'ossigeno era rarefatto, dal soffitto cadevano scintille che illuminavano le stanze immerse nella penombra e tutte le suppellettili erano state inglobate dalla Macchina.

«Grazie per aver accolto il mio grido d'aiuto.»

Una voce robotica e gracchiante riecheggiò tra le pareti completamente ricoperte da conduttori, i quali si mossero come enormi serpenti aggrovigliati. «Non vi sono ostile. La mia umanità è rimasta intatta. Io ho bisogno di voi, come voi avete bisogno di me.»

I tre rimasero paralizzati a tal punto da non riuscire

a respirare. Max, facendo ricorso a tutte le forze fisiche e mentali, estrasse il neutralizzatore. «E in che modo?»

«Vi svelerò la verità dietro le mutazioni e come arrivare al rifugio più vicino.»

«In cambio?» insistette Max.

«In cambio, mi staccherete la spina.»

Ursula percorse la stanza, camminò lungo il corridoio e varcò la soglia dell'ultima camera in fondo.

In quegli anni aveva maturato l'idea che le Macchine, raggiunto un determinato stadio, perdessero ogni collegamento con l'identità umana di un tempo. In effetti si sapeva molto poco in merito, perché nessuno era mai "sopravvissuto" tanto da poterlo raccontare. Nessuno, tranne l'occupante dell'appartamento.

«Non avere paura, accomodati.»

Ursula, con le gambe rigide come pezzi di ferro, passò accanto al letto e si sedette su uno sgabello vicino a esso. Intanto la raggiunsero Max e Sam. Si guardarono con la consapevolezza che di fronte a loro non c'era una Macchina, ma una persona.

Nel frattempo la pioggia cominciò a scrosciare, rumore che si mescolò con il fruscio dei cavi. L'uomo, intrappolato nel letto, li muoveva per avere la sensazione di sgranchirsi, e li allungava lungo la tromba delle scale per non dimenticare cosa ci fosse all'esterno. Il corpo era sprofondato nel materasso a causa del peso dei conduttori che lo ricoprivano completamente. Sulla destra, il macchinario per il monitoraggio cardiaco scandiva il tempo di quella che non era più vita.

«Io ero lì il giorno in cui tutto ebbe inizio. Facevo parte dell'equipe di esecuzione del progetto Cura.»

Max interruppe: «Aspetta... non si tratterà di quella roba finanziata dai governi mondiali per la cura delle malattie autoimmuni?»

«Quella era solo la punta dell'iceberg» intervenne Ursula con voce tremante e le lacrime agli occhi.

Sam, nel frattempo, stava curiosando in giro. Trovò un terminale aziendale che non esitò ad accendere: comparve un menù a ologramma con una serie di voci, tra cui "Scaletta progetto Cura", "Sperimentazioni su roditori" e "Lista volontari". Sapeva che se avesse aperto quest'ultima, si sarebbe immersa in acque così fredde e profonde da non rivedere mai più la sommità di quell'iceberg.

«Il progetto non riguardava solo le malattie autoimmuni, ma anche quelle resistenti alle cure tradizionali, in particolare i tumori. Generazione dopo generazione si è notata un'inefficacia sempre maggiore dei farmaci e una crescita esponenziale di alcune categorie di disturbi. "Miracolati", così chiamavamo chi a cinquant'anni arrivava in salute.

Il team aveva creato delle macchine molecolari[1] in grado di neutralizzare i tessuti cancerosi e i disagi fisici e psicologici tipici dei disturbi autoimmuni. Inserite in

---

[1] Dette anche nanomacchine, sono strutture o dispositivi su scala nanometrica (circa un miliardesimo di metro).
L'idea di manipolare e costruire materia su questa scala fu proposta nel 1959 dal fisico Richard Feynman, mentre negli anni Ottanta il concetto di nanotecnologia molecolare venne sviluppato in modo più sistematico da K. Eric Drexler.
Le macchine molecolari possono compiere movimenti controllati a livello molecolare e funzionano sfruttando piccole quantità di energia, spesso derivanti da reazioni chimiche, luce o altri stimoli fisici.

loco, nei roditori, le masse si riducevano fino a sparire e in quelli affetti da fibromialgia avveniva un rilassamento muscolare senza comprometterne il funzionamento.»

Sam selezionò "Lista volontari" e scese fino in fondo.

«Le macchine molecolari dimostrarono un'efficienza superiore alle aspettative: si adattavano all'organismo ospite senza provocare rigetti, fondendosi, in un secondo momento, al DNA. Sembrava che le malattie fossero destinate a scomparire dalla faccia della Terra, dai cancri terminali, ai disturbi ereditari, al banale raffreddore.

Così fu dato il via libera per i test sugli esseri umani, ma solo su base volontaria.»

Ursula era atterrita. «Perché mutiamo?»

«La mutazione era già un fenomeno noto nei topi, ma pur di non perdere i finanziamenti del progetto si decise di proseguire facendo attenzione a evitare fughe di notizie e tenendo monitorata la situazione. Dopotutto, essendo macchine a tutti gli effetti, l'equipe poteva controllarle con l'ausilio di un supporto esterno. O, almeno, così pensavamo fino a quando si verificò una simbiosi con gli organi sani. Le nanomacchine appresero autonomamente la riproduzione cellulare: iniziarono a comportarsi come tali creando un corpo all'interno del corpo. Più il male che affliggeva il paziente era grave, più la mutazione progrediva lentamente perché teneva impegnati un maggior numero di componenti.» I cavi ebbero degli spasmi, come se stessero singhiozzando. «Siamo dinanzi a organismi senzienti che hanno appreso il significato intrinseco della vita, si evolvono e si adattano per sopravvivere tanto quanto gli umani. Tutti portiamo il seme dei nostri successori, ora sta a noi decidere come farci da parte.»

Ursula guardò il filo collegato alla macchina per il cuore. Fino a qualche istante prima era certa che avrebbe staccato la spina tra le lacrime, invece si sentì sollevata per aver restituito la dignità a quell'uomo.

I cavi sul soffitto si afflosciarono.

L'unica luce nella stanza rimase quella del terminale. Sam alzò lo sguardo sulla donna il cui nome era segnato sulla lista dei volontari.

«Siamo tutti infetti» sussurrò Ursula, accettando l'amara realtà.

## 4.
## Il principio

*Tre anni prima*

«Ursula?»

La donna alzò la testa dal dépliant e osservò il ginecologo invitarla a entrare. La porta si chiuse alle loro spalle, si accomodarono e si scambiarono i classici convenevoli per rompere il ghiaccio.

«Dunque, mi dica perché ha aderito al progetto Cura.»

Lei rimase in silenzio, nella speranza che il medico aprisse la cartella clinica per evitarle il dolore di dover raccontare; ma così non fu. Osservò sconsolata il lettino con i cosciali riflesso sulla porta d'acciaio dello studio, ripensando a quante volte aveva inutilmente dovuto aprire le gambe.

«Il mese prossimo compirò quarantadue anni e, come sa meglio di me, l'orologio biologico non perdona» disse sfregandosi la mano con il pollice. «Cinque anni fa, con il mio ex compagno, abbiamo iniziato a cercare un figlio; i tentativi sono durati per circa nove mesi. A fatica rimanevo incinta e quando accadeva, poco dopo... la gravidanza più lunga è stata di un mese e ventidue giorni.» Respirò a bocca aperta, per forzare i polmoni a riempirsi d'aria. «Era un martedì, lo ricordo perfettamente, ho iniziato ad avere delle abbondanti perdite maleodoranti e crampi addominali, ma ho pensato che fossero causati dallo stress e dalle mestruazioni irregolari. In pochi mesi sono stata costretta a usare la coppetta della dimensione più grande in commercio e almeno due assorbenti da notte. Hanno trovato il cancro in stadio avanzato e resistente alle classiche cure come la chemio.»

Ursula toccò il turbante sotto cui una volta c'erano dei lunghissimi capelli biondi. Le tornò in mente quando li aveva rasati da sola, perché il compagno l'aveva lasciata poco dopo la diagnosi, prendendo atto che il ventre della donna non avrebbe più potuto ospitare la vita. Per lei i dispiaceri più grandi non erano stati il doversi sottoporre alle cure, la testa spoglia e la casa vuota, ma la consapevolezza di non aver trovato l'amore della vita e non poter tenere suo figlio tra le braccia.

Il ginecologo aveva ascoltato disinteressato, senza nascondere una punta di noia.

«D'accordo; si spogli, appoggi le gambe e si rilassi.»

«Non guarda i referti o—»

«Signora, se si trova qua è perché ha superato i test iniziali e ha firmato per il consenso. Non c'è molto da dire.»

Fortunatamente, in un certo senso, rimanere senza fiato le permise di non scoppiare a piangere. Eseguì gli ordini senza aggiungere altro, premurandosi di non aprire bocca nemmeno per fare domande sull'intervento. Fissò il soffitto e ascoltò il medico preparare l'attrezzatura, ma non ebbe il coraggio di guardare.

Ursula si stupì di quanto la procedura fosse stata rapida e indolore: inserito e aperto lo speculum, il ginecologo aveva rilasciato nell'utero un gel freddo e viscoso tramite una siringa senza ago; infine, estratta la strumentazione, aveva tamponato con carta assorbente.

«Bene, si accomodi in sala d'attesa. Se ha bisogno di assorbenti li trova in bagno; se non accusa sintomi anomali tra un'ora può tornare a casa.»

La donna si sedette sconsolata sulle sedie di plastica blu e osservò la stanza dalle pareti color porcellana. Si trattava di uno dei tanti moduli prefabbricati che componevano la struttura, da qui il nome "camere bianche".

Trascorsa una quindicina di minuti, iniziò ad avvertire qualcosa all'interno dell'utero: le sembrava che delle bolle galleggiassero e scoppiassero, provocando una sensazione simile al solletico.

Un'esplosione proveniente dalla parte opposta dell'edificio fece tremare la terra, per poi lasciare spazio a un silenzio carico di sgomento e terrore.

Dagli ambulatori uscirono specialisti e pazienti con gli occhi sgranati, cercando rassicurazioni e risposte gli uni negli altri. In quel momento, nella totale assenza di rumori, scoppiò l'apocalisse: i neon lampeggiarono, dal fondo del corridoio si udirono degli squittii e qualche secondo dopo un'orda di topi da laboratorio schizzò ai loro piedi.

Un'altra scossa, poi gli allarmi presero a suonare e si accesero le luci di indicazione per portare gli occupanti alle uscite di emergenza più vicine. A quel punto Ursula percepì il pericolo ma non riuscì a muovere un muscolo.

Davanti a lei dei cavi provenienti dalla stanza delle TAC trapassarono un infermiere, un attimo dopo una donna si stava dimenando a terra "mangiata" da qualcosa di invisibile.

L'istinto di sopravvivenza prese finalmente il sopravvento. Continuò a correre nel caos: le persone si spintonavano, le camere bianche, vuote e quadrate, creavano una sensazione di claustrofobia e gli allarmi stordivano. Più volte Ursula si trovò con la faccia a terra e calpestata.

Arrivò alle uscite di emergenza con il naso e la bocca sanguinanti e trascinando una gamba rotta, di cui non sentiva il dolore grazie all'adrenalina in circolo.

Osservò da lontano le persone che si ammassavano per prendere posto sui mezzi di trasporto che venivano colloquialmente chiamati "ascensori": si trattava di cabine pressurizzate che viaggiavano all'interno di tubi posizionati sul fondale marino, e che portavano alla spiaggia più vicina. Gli abitacoli erano stati progettati per contenere una trentina di persone alla volta, un numero più che sufficiente per un'eventuale evacuazione, ma, a giudicare dalla situazione, era palese che non era stata rispettata la capienza massima dell'edificio: anche se avessero viaggiato in continuo, ci sarebbero volute ore prima di trarre in salvo sia il personale che i pazienti.

Ursula prese consapevolezza che sarebbe stata una delle ultime a fuggire, o, magari, non avrebbe mai lasciato i laboratori.

Un brontolio sordo e profondo rimbombò nel corridoio, poi il pavimento iniziò a tremare: oltre la calca, un'apparecchiatura per la risonanza magnetica sfondò la parete per poi travolgere tutti coloro che si trovavano davanti agli ascensori. Ursula si salvò per il rotto della cuffia trovandosi dal lato opposto. Quando riaprì gli occhi non c'era più nessuno a bloccare il passaggio, piuttosto avrebbe dovuto fare attenzione a non scivolare sul sangue.

La donna riuscì ad avvicinarsi alle porte affiancata da un'anziana. Così, l'ultima decina di persone entrò nell'ascensore per lasciare la struttura in balia delle Macchine.

«Forza signora, mi dia la mano che la aiuto a salire.»

Quando l'afferrò una serie di macchinari travolsero la vecchietta: di lei rimase solo mezzo braccio afflosciato all'interno delle porte che si stavano chiudendo. Nessuno gridò, nessuno parlò; nemmeno Ursula che lasciò cadere l'arto a terra pregando di aver subito un trauma abbastanza violento da dimenticare tutto.

I presenti si sedettero a terra, alcuni con le gambe incrociate, altri con le ginocchia al petto. Gli sguardi erano spenti e persi nel vuoto, come se non fossero realmente usciti vivi dall'edificio.

Finalmente gli impianti si accesero: la partenza fu così brusca da strattonare i passeggeri, inoltre degli stridii e dei botti misero tutti in allarme.

Gli altoparlanti gracchiarono: *«A tutto il personale e ospiti, si prega di mantenere la calma. La cabina attraccherà a riva tra venti minuti. Siete pregati di indossare le membrane di salvataggio che vi saranno fornite all'interno dei cilindri. In caso di malfunzionamento dell'ascensore la porta d'emergenza si aprirà e la vostra sicurezza sarà garantita dalla membrana. Le membrane vi permetteranno di respirare sott'acqua per un periodo limitato di tempo, galleggiare in mare aperto e in condizioni climatiche avverse, nonché di essere rintracciati dai soccorsi grazie ai GPS al loro interno.*

*A tutto il personale e ospiti, si prega di mantenere la calma...»*

L'ascensore, anch'esso bianco e quadrato, sussultava e le bombole dell'ossigeno emettevano dei soffi quando si attivavano.

Le pareti tremavano a causa della crescente velocità. Parevano stringersi. Lo schermo sulla destra s'illuminò di rosso e comparve il simbolo di "espulsione d'emergenza per danni agli impianti".

Ursula s'infilò in uno dei cilindri, il quale si chiuse ermeticamente, e delle bocchette nebulizzarono sulla pelle una sostanza appiccicosa dall'odore di cetriolo. Sulla sommità dell'impianto comparve una luce verde, il portello esplose verso l'esterno e la donna fu scaraventata fuori dall'ascensore... appena in tempo: qualche istante prima la porta d'ingresso si era aperta facendo perdere pressurizzazione all'abitacolo, con conseguente morte istantanea degli occupanti a causa della pressione dell'acqua.

L'acqua non la bagnò grazie alla membrana. Ursula, appena ripresi i sensi, non si capacitò di riuscire a respirare e di sopravvivere alle pressioni dell'oceano profondo. Si lasciò trasportare verso l'alto, come attaccata a una bolla di sapone, ormai indifferente alla vita o alla morte.

Guardò giù: tutt'intorno alla carcassa deformata dell'ascensore vorticavano agglomerati luccicanti che ne divoravano le parti meccaniche.

Anche attorno alla gamba rotta si formò lo stesso effetto ottico. Poco prima di toccare la superficie sentì qualcosa muoversi nel ventre; qualcosa di vivo.

# 5.
# La mutazione

Ursula si destò a causa di uno dei tanti incubi ricorrenti. Mosse la gamba destra, quella che due anni prima si era rotta nel disastro: la stese verso l'alto, la piegò portando il tallone al gluteo e ruotò il ginocchio; tutto con una fluidità tale che le parve di avere delle giunzioni oliate al posto della rotula.

Ricordava ogni minimo dettaglio del giorno in cui le macchine molecolari avevano agito sull'arto, come un marchio impresso a fuoco nel cervello. E questi ricordi tornavano a farle visita di notte.

***

In quel periodo, dopo un anno dal disastro, stavano iniziando a formarsi dei clan: la maggior parte di questi risiedeva in accampamenti e i membri erano per lo più pacifici; quelli nomadi, invece, erano più pericolosi perché non avendo dimora dovevano sopravvivere come le bestie, mossi dal desiderio di portare distruzione e sofferenza. Solitamente erano poco numerosi, ma estremamente aggressivi, quasi più delle Macchine.

Ursula zoppicò su una gamba fino al centro della sala del teatro, per poi sostenersi alle poltrone, trascinandosi lungo il resto della passerella fino ad arrivare al palco. Il suo obiettivo era trovare rifugio dietro il sipario per passare la notte.

Appena spostò il pesante velluto una voce maschile

rimbombò nell'edificio. «Guarda, guarda. Stai provando il copione, dolcezza?»

La risata maliziosa che seguì la domanda non lasciò spazio al beneficio del dubbio. A Ursula gelò il sangue nelle vene.

«Perché non ci fai uno spogliarello?» esortò un altro uomo accomodandosi su una poltrona in prima fila.

«Vado io per primo.»

Un energumeno, probabilmente il capobanda, salì sul palco, mentre gli altri quattro si godevano lo spettacolo. L'afferrò per la gamba rotta e la trascinò lontana dalle tende. Urlò di dolore sentendo la frattura aprirsi e la pelle allungarsi. Supplicò di lasciarla stare, che aveva il cancro e l'utero in metastasi. Poi tentò di allontanare l'aggressore mettendogli le mani in faccia, lui di tutta risposta le tirò uno schiaffo talmente violento da farle scrocchiare il collo.

Nel ventre di Ursula esplose un calore, il formicolio di qualcosa di vivo e senziente. Un attimo prima di essere penetrata una sensazione simile a una scarica elettrica le pervase il corpo, come se un fulmine l'avesse attraversata dalla testa ai piedi. Perse i freni inibitori e il controllo di ogni nervo e muscolo: mossa da una volontà che la comandava, una marionetta nelle mani di un burattinaio, piantò l'indice e il medio negli occhi dell'energumeno, gli infilò il pollice in bocca premendolo contro il palato e con una forza sovrumana gli sbatté più volte la nuca sul parquet con un ritmo così regolare che solo una macchina lo avrebbe potuto scandire. Quando gli altri uomini furono fuori dal teatro, scappati a gambe levate come conigli, della testa del loro capo non era rimasto altro che poltiglia.

Ursula si sdraiò a pancia in su con la vista macchiata di rosso e la mente annebbiata. Ancora sotto shock, si mosse lentamente per accertarsi di aver ripreso il controllo del corpo.

Sedendosi, ebbe la sensazione che delle zanzare le ronzassero nelle orecchie. Più tentava di capire da dove provenisse quel fastidioso rumore, più diventava disturbante, come unghie sulla lavagna. Quando si rannicchiò e coprì la testa con le braccia, capì che era nel suo cervello. Ora le sembrava che ogni cellula stesse cercando di comunicare e ognuna con parole diverse, in una lingua che non era in grado di comprendere.

All'improvviso calò il silenzio, seguito da un ticchettio.

Tic…

Tic…

Tic…

Tic…

La rotula accumulò tensione e scricchiolò, la carne pulsò e i tessuti molli vibrarono fino a ritornare alla loro forma naturale. Fu così doloroso che Ursula urlò tanto forte da sentire la gola in fiamme. Con le unghie piantate nella carne, andò in iperventilazione e in breve perse i sensi.

***

Ursula si alzò, si rivestì, legò i capelli cresciuti fino alle spalle e raccolse lo zaino. Spostò le tende di velluto rosso dopo aver percorso il palcoscenico. Lo sguardo si posò inevitabilmente sulla chiazza di sangue ossidata sul parquet.

L'obiettivo era trovare coperte e vestiti per l'arrivo dell'inverno, dato che durante quello precedente aveva rischiato l'ipotermia.

Uscita all'esterno notò subito due particolari: il cielo grigio e gli schiamazzi di un gruppo di nomadi ubriachi. Si nascose dietro un portone, sganciò il binocolo dalla spallina dello zaino e controllò il perimetro:

«Ora so da quale parte non andare» sussurrò tra sé e sé.

Aveva visto le canaglie bere e scaldarsi attorno a un fuoco, in una via stretta e parzialmente nascosta a qualche metro di distanza dal teatro. Ursula era tranquilla, in quanto con tutto quell'alcol in corpo non sarebbero riusciti a fare più di un metro senza barcollare e cadere. Quelle canaglie erano sicuramente violente, ma altrettanto stupide.

Alzò la bandana fino al naso e percorse i portici della città nascondendosi dietro le colonne a ogni rumore sospetto. Setacciò negozi, case e interi palazzi raccattando solamente una giacca a vento e un pacco mezzo vuoto di assorbenti interni. La ricerca terminò in un discount, nel quale trovò un paio di scatolette di carne in gelatina scadute da un anno e mezzo. Pensò che non le avrebbe mangiate neanche se avesse avuto degli antibiotici a disposizione.

Ursula, uscita dallo stabile, si concesse un minuto per guardare l'asfalto scavato dal passaggio di una Macchina. Quei segni non le erano nuovi, dal giorno del disastro aveva visto parecchia gente mutare ed essere inglobata. Eppure non poté fare a meno di ricordare il ragazzino del quale si era presa cura per qualche settimana: sembrava avere un banale raffreddore, ma durante uno starnuto gli uscirono dei cavi dalle narici. In pochi giorni la pelle diventò plastica e gli occhi due lampadine. Fu costretta ad abbandonarlo in mezzo a quella strada; una settimana dopo il corpo era sparito e al suo posto c'erano i segni del passaggio di una Macchina.

Mentre era ancora assorta nei suoi pensieri, una fitta alla pancia la fece piegare. Si stupì, perché non sentiva quel genere di crampi da tantissimo tempo. Tra la gioia e la paura si chiuse nel bagno del negozio: quando si accovacciò con le gambe larghe sentì un'ostruzione all'interno della vagina, come se ci fosse una sfera d'acciaio attaccata al collo dell'utero. I pensieri di Ursula si scissero: la parte razionale le disse che si trattava di suggestione, mentre la controparte istintiva le ricordò del ragazzo con il raffreddore.

Prese un bel respiro. Infilò l'applicatore dell'assorbente interno, spinse lo stantuffo con l'indice, ma il cilindro in cotone si introdusse solo per metà. Non lo tolse; forzò con un dito, poi con due. In preda alla disperazione rimosse l'involucro di plastica lasciando l'assorbente metà dentro e metà fuori.

Ci volle tempo prima che trovasse il coraggio di tirare il cordino: il corpo era sporco di rosso, ma sulla punta c'era una macchia color cobalto. Con un dito uncinò l'ostruzione e la srotolò fuori: un cavo le ciondolò tra le cosce.

Da quel giorno Ursula dovette fare i conti con un corpo in continua mutazione. Per primi cambiarono i genitali e il retto, che furono sostituiti da placche metalliche, tre sifoni e sportellini, che poteva aprire e chiudere a comando, per espletare i bisogni fisiologici. Poi fu il turno delle gambe, i cui muscoli diventarono pistoni che la donna imparò a controllare. In ultimo, tra le dita le rimasero intere ciocche di capelli, poi sostituiti da lunghi tubi cromati e affusolati.

Una mattina si svegliò e ne notò altri due, nuovi: uno che usciva dalla bocca per terminare all'interno dell'orecchio e uno che scendeva lungo la gola.

## 6.
## Settecentosettantotto

Sam non odiava la scuola, odiava la matematica. E anche i cavolfiori al vapore che sua madre cucinava per farle dispetto quando portava a casa un'insufficienza.

La ragazzina posò la penna in mezzo al quaderno di algebra. Non provava nemmeno più ansia guardando quel guazzabuglio di numeri, tanto, indipendentemente dai voti, per sua madre sarebbe continuata ad essere "di coccio". Motivo per cui, anche solo per un adolescenziale dispetto, si ostinava a non voler imparare, nonostante fosse consapevole delle sue capacità. I suoi genitori l'avevano cresciuta a suon di "tanto finirai per fare la casalinga, almeno trovatelo con i soldi", rincarando la dose con "dimagrisci, che hai un culo che fa provincia". Eppure, si incazzavano se andava male a scuola. Sam, a quel punto, aveva smesso di impegnarsi per dedicarsi a ciò che riteneva più divertente.

La porta di casa si aprì, ma la ragazza aveva già riconosciuto i passi del padre rimbombare nella tromba delle scale.

C'era qualcosa di anomalo: niente urla, imprecazioni e insulti da parte di nessuno dei due genitori. Quel silenzio fece rabbrividire Sam.

Uscì dalla camera in punta di piedi e andò in sala da pranzo: suo padre era lì, senza la maglietta da lavoro, che si guardava il lato sinistro del petto martoriato da un'eruzione cutanea purulenta; persino sua madre era rimasta interdetta. Ma com'era usanza in famiglia, la polvere si nascondeva sotto il tappeto, quindi si sedettero a tavola per cenare facendo finta di nulla.

«Com'è andata al lavoro?» La donna si premurò di dare una parvenza di normalità.

«Il solito schifo. Come pensi che sia spaccarsi la schiena in cantiere dieci ore al giorno?»

«Magari ti è caduta addosso qualche sostanza irritante?» azzardò Sam facendo un cenno con la testa.

«O magari è colpa tua, per tutto lo stress che ci stai facendo patire con la scuola. Ringrazia solo di non avergli fatto esplodere il pacemaker.»

«Ma se della scuola non ve ne frega niente…»

Il padre batté entrambi i pugni sul tavolo, poi si attaccò al collo della bottiglia di vino. Alla ragazza venne da ridere per tutti quegli sforzi vani della donna per entrare nelle grazie del marito, al quale importava meno di niente di tutta la situazione.

Sam iniziò a mangiare i cavolfiori in silenzio pensando ai fatti suoi. A un tratto fu destata dal volume in aumento del televisore. Alzò lo sguardo: al telegiornale stavano trasmettendo la notizia del crollo di uno degli impianti nei laboratori di ricerca per la cura delle malattie autoimmuni. Il padre, a metà bottiglia, maledisse il centro, i pazienti e chi ci lavorava.

Nelle viscere di Sam si mosse uno strano presentimento, come se qualcosa di terribile e incombente fosse pronto ad annientare ogni cosa.

Terminato il pasto, si fiondò in camera noncurante del consueto litigio dei genitori dopo la cena. Scrisse un messaggio alla sua migliore amica, Lily, per smorzare il malessere:

"Hai sentito del casino del laboratorio? T'immagini che figata se scoppia l'apocalisse? Sopravvivremmo di più tra gli zombie che a matematica."

Un formicolio agli occhi e un terribile prurito in faccia la colse di sorpresa. Quando guardò il telefono si accorse che le applicazioni si aprivano e chiudevano da sole, come se qualcuno le controllasse da remoto. Per un attimo le parve addirittura di vedere il caricabatterie muoversi.

Un urlo acuto interruppe il silenzio. Sam corse in sala da pranzo: suo padre era riverso a terra morto con il petto gonfio e sua madre gridava isterica in preda al panico.

Si voltò verso sua figlia. «È colpa tua! È tutta colpa tua!»

Le parole le entrarono da un orecchio e le uscirono dall'altro, quando il torace dell'uomo implose in una pozza color cobalto.

Con la coda dell'occhio Sam percepì dalla finestra dei movimenti nella casa a fianco: gli elettrodomestici si squarciarono, i componenti elettronici schizzarono e, ancora attaccati ai cavi, si mossero come impazziti. Un momento dopo uscirono i vicini che salirono in macchina, che implose uccidendo sul colpo i passeggeri.

Allora corse in camera, ignorando gli insulti di sua madre. Svuotò lo zainetto dai libri della scuola e ci mise dentro il caricabatterie, il cellulare, un cambio di vestiti e un paio di pacchetti di patatine. Prima di uscire staccò dal muro una fotografia e la infilò nella tasca anteriore.

Passò dalla cucina per imboccare la porta d'ingresso. La donna era ancora accovacciata accanto al marito con uno sguardo di odio innaturale per una mamma nei confronti della figlia.

«Dove credi di andare?»

«Via. Lontana da questa casa.»

«Non sai cucinare nemmeno un piatto di pasta, tra due giorni sarai ancora qua.»

Quell'ennesimo tentativo di umiliazione lasciò indifferente Sam, tanto che sua madre s'infuriò per aver perso il controllo su di lei.

«Sì, è vero. Ma imparerò a sopravvivere, come tu hai imparato a sopravvivere in questa casa assieme a mio padre.»

La ragazza chiuse la porta e imboccò le scale facendosi scivolare gli insulti un'ultima volta.

Corse lungo i campi arati per smaltire l'adrenalina e la paura. Quando cadeva sulle ginocchia si concentrava sul dolore per non perdere il contatto con la realtà.

Arrivò a casa della famiglia di Lily dopo un'ora e con le ginocchia sanguinanti. Si avvicinò alla porta d'ingresso spalancata, ma non entrò: gli oggetti elettronici erano accartocciati come palline di carta. Sam scoppiò in lacrime, timorosa del fatto che non l'avrebbe più rivista.

***

«Settecentosettantotto.»

Sam posò il sasso appuntito che aveva usato per graffiare la parete della caverna. Guardò quei segni che aveva iniziato a incidere il giorno in cui era scappata di casa: ogni tacca corrispondeva a ventiquattro ore senza la sua cara Lily, che non aveva smesso di cercare. La loro foto, che prima era attaccata al muro della camera, ora era appiccicata alla pietra fredda e umida.

Caricato lo zainetto in spalla, uscì dal suo luogo sicuro e assaporò l'odore di salsedine. Scese sul lido facendo attenzione a non cadere dalle rocce.

Una trentina di sopravvissuti aveva costruito un piccolo accampamento usando legna e cemento, materiali immuni agli attacchi delle Macchine, creando un luogo strategico e difendibile. Si trovava sulla spiaggia sotto una grande scogliera, la quale distava dalla città due ore di marcia in salita in mezzo ai campi verdi.

«Sam, oggi tocca a te!» urlò il dirigente dei "muli".

«Sì, lo so. "Squadra cemento".»

La ragazza, svogliata, si affiancò al resto della squadra che, di lì a poco, sarebbe andata in città per recuperare materiali da costruzione privi di ferro ed elettronica. Altre dieci persone avrebbero oltrepassato la campagna per l'approvvigionamento della legna.

Uno dei membri della squadra cemento protestò: «E quelli sarebbero "muli"? Noi rischiamo di essere assorbiti, mentre loro vanno a fare gli hippie».

«Loro hanno il doppio della strada da percorrere. Questa non è una gara, imbecille» controbatté Sam.

«Ehi, stronzetta, porta rispetto per chi è più vecchio di te!»

«E tu porta rispetto per chi svolge il proprio lavoro.»

«Basta voi due!» Il dirigente rimise i litiganti in riga.

Sam si ricompose. Non poteva permettersi di perdere il ruolo di mulo, altrimenti sarebbe stata obbligata a rimanere nell'accampamento.

Arrivata a destinazione, considerato tutto il lavoro che c'era da fare, pensò che avrebbe preferito mangiare un chilo di cavolfiori al vapore.

Dopo circa sei ore di fatica il carico fu completato:

«Ci siamo! Tirate la leva!» gridò un operaio.

L'enorme cassone di legno si sganciò dalla sicura e prese velocità lungo i sistemi di carrucole ricavati dai tralicci dell'energia elettrica. Alla spiaggia sarebbero arrivati dei sacchi di calce in polvere, utensili da cantiere e abbondanti provviste.

Sam ascoltava disinteressata due colleghi che discutevano su come avrebbero fatto a trasportare dei blocchi di cemento.

«È ora. Mi raccomando, massimo due ore o dovrò lasciarti qui.»

Il caposquadra la fece sussultare prendendola alla sprovvista; annuì e si allontanò di soppiatto. Non lo ringraziò, perché era consapevole di starsi inoltrando da sola e disarmata in città, tutto a suo rischio e pericolo. Non le era chiaro il motivo per cui la lasciasse andare coprendole le spalle, ma le stava bene così.

Questo fatto l'aveva fatta riflettere: prima di smettere di dar peso agli atteggiamenti di sua madre viveva nella gabbia dell'approvazione a tutti i costi da parte di amici e parenti, ora aveva avuto l'ennesima conferma che la vera libertà sta nel menefreghismo.

Arrivò alle porte del centro commerciale dopo mezz'ora di camminata a passo svelto. Lungo il tragitto non aveva incrociato Macchine, ma la loro presenza si era fatta sentire a distanza con urla umane e stridii metallici. Oltre questi, solo il vento aveva osato vagabondare tra i palazzi.

Sam entrò passando dalla vetrata rotta: la penombra conferiva al luogo un aspetto desolato e pericoloso, i manichini creavano una sensazione di solitudine pur tenendo spalancati i loro occhi di plastica.

Con la torcia accesa, varcò la soglia di quello che un tempo era il negozio preferito di Lily. La cercò tra le corsie razziate, dietro le casse e nei camerini. Fece schizzare la luce da una parte all'altra senza perdere la speranza di illuminare il viso dell'amica.

*Dove sei andata?*

Estrasse carta e penna dalla tasca dei jeans e depennò con un tratto deciso l'ennesimo luogo.

All'improvviso una voce di ragazza la riportò con i piedi per terra. Prima seguì il rumore, poi una scia di sangue color cobalto misto a olio nero. Il pavimento del negozio di elettronica ne era allagato. Sam, temendo il peggio, illuminò gli scaffali infastidendo un corpo dal cui busto fuoriuscivano cavi e componenti di elettrodomestici. La Macchina si voltò e attaccò scagliandole contro un computer. Allora corse fuori dal centro commerciale e a causa dello spavento imboccò la via opposta rispetto a quella che portava al cantiere.

*Almeno non è Lily.*

Quando si accorse dello sbaglio e tentò di tornare sulla strada giusta era già troppo tardi: una lavatrice fu lanciata da dietro l'angolo, frantumandosi in mille pezzi contro l'asfalto, costringendola a proseguire la fuga. Sam si schiacciò al portone di un grosso condominio mentre vedeva la vita passarle davanti.

«Cazzo!»

L'urlo di una voce maschile precedette l'infrangersi di una finestra, rotta da una sedia scagliata verso l'esterno. Lei osservò quel povero oggetto sfasciato, dopo un volo di almeno dodici piani, essere avviluppato dai cavi. Approfittando del momento di distrazione della Macchina, entrò nell'edificio.

«Che botta di culo...» sussurrò a polmoni vuoti.

Si sedette sugli scalini dell'atrio per prendere fiato. Rimase lì, immobile, con la faccia tra le mani per un tempo che non riuscì a quantificare.

«Chi va là?!»

Sam scattò in piedi e alzò le mani di fronte a quella figura maschile dalla testa calva che imbracciava un fucile pronto a sparare.

## 7.
## La colpa

La donna, mentre si abbottonava la camicetta, domandò: «Come stanno tua moglie e tua figlia? Hanno ancora l'influenza?»

«Stanno molto meglio; mia figlia già da ieri ha smesso la Tachipirina.»

Max, intento ad allacciare la cintura, guardò il quadretto con la foto di famiglia sulla scrivania dell'ufficio. La sua era un'esistenza idilliaca: responsabile tecnico per la più importante azienda di costruzioni sul territorio, villa con piscina e macchina di lusso; una bellissima moglie, Connie, che quindici anni prima aveva dato alla luce Hope. Eppure avrebbe fatto volentieri a cambio con la vita di qualsiasi operaio: quando si arriva all'apice si perde l'emozione della scalata.

«Quale scusa hai inventato questa volta?» chiese Eva prendendo una Coca Cola dal minifrigo.

«Da quando il governo ha finanziato il progetto per la costruzione dei laboratori non ho più bisogno di scuse. Il lavoro è aumentato ed è un dato di fatto.»

«Non sei curioso di sapere cosa fanno su quell'isola? Perché su un'isola, poi? Oppure sai qualcosa e non vuoi dirmelo?»

«Oh, Eva, andiamo... perché non dovrei dirtelo? So quanto ne sai tu, ossia che siamo in ritardo con le consegne perché mezzo reparto esecutivo è in malattia e a noi tocca tirarci il collo. Sono prefabbricati in plastica come le case su ruote che ci commissionano per i barboni.»

«Si vocifera che facciano degli esperimenti sugli esseri umani.»

Max comprese il desiderio di Eva di voler imbastire una conversazione, ma non riusciva a fingere di averne voglia. In particolare su quell'argomento: dopo quaranta centimetri di colon asportati, una stomia a canna di fucile e una pancia ridotta a un ammasso di cicatrici, tutto ciò che aveva a che fare con la medicina era diventato motivo di repulsione. Evitava addirittura i telegiornali.

La donna, alla quale era stata promessa una relazione alla luce del sole, andò dritta al punto: «Quando hai intenzione di lasciare Connie?»

«Io amo mia moglie.»

«La ami tanto da andare a letto con un'altra donna?»

Max non rispose. La verità era che il matrimonio non aveva spento il sentimento (e nemmeno la passione), aveva spento le farfalle nello stomaco. Spesso si era trovato a pensare che se sua moglie avesse avuto l'amante si sarebbe sentito sollevato: almeno Hope avrebbe odiato entrambi allo stesso modo.

«Ci vediamo domani, Eva. Vai a casa; oggi prenditelo di permesso.»

La donna, senza controbattere, prese i suoi effetti personali e si chiuse la porta alle spalle. Lui rimase immobile con lo sguardo perso nel vuoto, intenzionato a non pensare.

Il telefono aziendale squillò e quando Max lesse sullo schermo il nome del titolare sperò che gli venisse un infarto fulminante. «Pronto?»

«I tuoi fottuti container! Avevi garantito la loro tenuta!»

Il responsabile tecnico rimase interdetto. La prima cosa a cui pensò fu una manomissione da parte della concorrenza. Con l'intento di capire il prima possibile cosa fosse successo, azzardò un: «Mi scusi—»

«Un cazzo *mi scusi*! I laboratori sono crollati; le persone stanno scappando con gli ascensori, due sono esplosi in mare aperto!»

Il cuore di Max mancò un battito. Intanto che dall'altra parte continuavano a volare imprecazioni e insulti, la mano dell'uomo perse la presa. Il cellulare si frantumò, ma poco gli importava: dalla vetrata dell'edificio vide sfrecciare un convoglio di auto della polizia, vigili del fuoco e ambulanze, tutti con le sirene spiegate, diretti verso il mare. In effetti, gli sembrò che un pennacchio di fumo si fosse alzato dalla spiaggia.

Un sottoposto fece irruzione in ufficio. «Capo, dobbiamo andare! Ordini della direzione.»

Pochi minuti dopo, Max si trovava nell'auto aziendale scortata dalla polizia. Guardava la strada, i negozi e le persone scese in strada fingendo che queste ultime non esistessero. Si sentiva messo alla gogna da tutti quegli sconosciuti, anche se non gli era ancora chiaro cosa avesse provocato l'incidente. Eppure, un mezzo sospetto lo aveva.

Arrivati vicino alla spiaggia, lo scenario sembrava frutto di un incubo: ambulanze piene di persone moribonde, molte delle quali coperte da un liquido color cobalto, forze dell'ordine incapaci di gestire il caos e resti di ascensori frantumati.

Una fitta lancinante alla pancia fece piegare Max, che rimise. Era lo stesso dolore di quando il Morbo di Crohn lo tormentava, stritolando l'intestino come se fosse all'interno di una morsa. Preso dal panico chiese aiuto a uno dei paramedici, il quale lo assistette sul posto.

«Sono appena arrivato, cosa sta succedendo?»

«Quando siamo arriva—»

Uno dei cilindri schizzò fuori dalla carcassa di un ascensore, travolgendo il soccorritore: il corpo, dopo alcuni di spasmi, fu inglobato dall'impianto come plastica fusa. La stessa sorte capitò a una signora in barella.

Il panico si diffuse a macchia d'olio, tra persone che tentavano la fuga verso la città e quelle che non ebbero nemmeno la possibilità di varcare le transenne.

«Di qua!»

Il secondo di Max urlò a qualche metro da lui e agitò le braccia per farsi vedere. Riuscirono a salire sull'auto e a imboccare la tangenziale dove si trovarono imbottigliati nel traffico.

«Cosa diavolo sta succedendo?» Il collega tirò un pugno sul volante.

«Non lo so! Cazzo, siamo arrivati tardi» imprecò Max stordito dai clacson.

In lontananza si alzò un pennacchio di fumo, poi arrivò l'esplosione e infine l'onda d'urto che fece esplodere i finestrini.

***

Max controllò la data di scadenza degli immunosoppressori per tenere sfiammato il colon. Avrebbe dovuto buttarle quel giorno, ma l'esperienza suggerì di terminare le compresse rimanenti.

*Sono state prodotte due anni fa, circa, poco prima di tutto sto casino.*

Ingerì il medicinale e controllò nell'armadietto del bagno quante scatole fossero rimaste.

*Ne ho ancora tre. Le farmacie sono vuote, è inutile scendere. Ho resistito addirittura sette mesi tra un intervallo e l'altro, posso tirare avanti ancora. Gli scorsi mesi sono stato meglio del solito, è solo un periodo stressante.*

Si chiuse la porta alle spalle e tornò in soggiorno con la candela in mano. Max aveva trasformato l'appartamento in uno di quei rifugi che si vedono nei documentari sui serial killer. Invece che di materiale per architettare un omicidio, aveva tappezzato muri, tavoli e pavimento di schede tecniche, progetti, disegni, contratti e molto altro. Parecchi di quei documenti li aveva redatti a mano secondo i suoi ricordi, in quanto non aveva avuto la possibilità di recuperarli.

Prese una penna e iniziò ad appuntare di tutto e di più su quel povero foglio sgualcito caduto vittima delle sue grinfie. Passava da un disegno tecnico a un report di controllo, da una validazione a un certificato. Cercò e ricercò in modo ossessivo la causa del crollo dei prefabbricati. Scavò nelle carte come un archeologo scava nella terra, nonostante sapesse che il risparmio sui materiali, qualche cresta intascata e l'aver voluto velocizzare i tempi avevano contribuito al disastro. Max non era colpevole di tutto, ma era a conoscenza dei fatti, il che lo rendeva un complice. Aveva trascorso settimane, mesi, anni a cercare questa famigerata causa solo per distogliere la mente dalla ricerca di sé. Perché lì avrebbe trovato una risposta ben peggiore: la consapevolezza di essere una persona di merda.

Quella mattina si svegliò con la faccia poggiata sui fogli e la terra che tremava. Neanche il tempo di alzare la testa che l'ombra di una Macchina scivolò lungo la parete. Max si nascose sotto la sedia, ma, essendo ancora assonnato, batté il piede contro una gamba del tavolo attirando l'attenzione del nemico.

La luce accecante di una ventina di fanali inondò la stanza, gli stridii assordanti di vecchi ingranaggi fecero vibrare i vetri.

*Finalmente la mia ora.*

L'uomo represse quel pensiero partorito dalla sua mente compromessa. Razionalmente non voleva morire, eppure una vocina nel profondo continuava a suggerirgli di alzarsi e chiudere gli occhi.

E si alzò davvero quando all'interno della Macchina vide i suoi più grandi rimpianti: Connie e Hope. I loro volti erano di plastica come quelli delle bambole, fusi sull'anta di un frigorifero; dei corpi non rimaneva nulla di riconoscibile. Entrambe, mentre la Macchina passava di fronte alla finestra, mossero gli occhi riconoscendo Max.

Contro ogni previsione, la Macchina schizzò all'indietro e girò l'angolo dell'edificio. L'uomo rimase lì, attonito, svuotato di ogni emozione.

*Mia moglie… la mia bambina…*

La udì accanirsi su una sua simile, che stridette. La mente di Max generò una serie di immagini terrificanti immaginando il momento in cui le due poverette erano state inglobate.

«Cazzo!»

Per impedire a se stesso di impazzire e buttarsi di sotto afferrò una sedia e la scaraventò fuori dalla finestra. Si avvicinò e vide i resti di un povero elettrodomestico che veniva stritolato dai grossi tubi della Macchina che poco prima era transitata davanti all'edificio.

Il rudimentale allarme anti intrusione che Max aveva installato scattò: le lattine di birra, collegate con un filo da pesca alla porta principale del condominio, tintinnarono.

*O io o la Macchina.*

L'uomo prese il fucile poggiato allo stipite dell'uscio, uscì e fece le cinque rampe di scale con la canna puntata in avanti.

«Chi va là?!»

Una ragazzina scattò in piedi con le mani in alto, lo sguardo pregno di terrore. Max la guardò con fare sospettoso. «Sei una Macchina?»

«Cosa? Ma ti pare?»

«Chi sei?»

«Mi chiamo Sam; sto cercando una persona. Non voglio creare problemi, però, ti prego, non mandarmi fuori ora. C'è una—»

«Lo so cosa c'è là fuori.»

Sam fece un passo indietro tenendo le mani ben in vista. Supplicò un'altra volta. Max prese la mira e sparò: il proiettile andò a segno su un agglomerato di schede elettroniche vicino ai piedi della ragazza. La Macchina ritirò stridendo una delle sue appendici dalla buca delle lettere.

«Dietro di te!»

L'uomo si voltò e sparò a un'altra appendice; a quel punto di colpi in canna ne rimase uno. La Macchina gettò la sua ombra nell'androne.

«La porta sul retro, presto!» urlò lui.

Max e Sam fuggirono a gambe levate, bersagliati dalle frustate del nemico i due imboccarono un vicolo cieco. In trappola come topi, la videro fare capolino: l'enorme testa a cupola rifletteva la luce del sole e i tentacoli s'insidiavano in ogni dove al pari di quelli di una piovra. Paralizzati dalla paura osservarono la Macchina fermarsi, come se le si fossero scaricate le batterie.

Lo svolazzare di un uccellino la riattivò tanto velocemente da colpire il povero animale. Allora Max capì. «Non muoverti, per nessuna ragione» sussurrò a Sam.

L'uomo alzò lentamente il fucile facendo voltare la Macchina di scatto. Questa si sporse a mano a mano che il dito si avvicinava al grilletto, seppur il movimento fosse quasi impercettibile. Il proiettile sfrecciò nel vuoto attirando la sua attenzione: ruotò la testa, allungò i tentacoli e lo inseguì, portando via per sempre Connie e Hope.

## 8.
## Il viaggio

Ursula, Max e Sam rimasero in silenzio, immersi nella penombra della stanza. La donna ricordò il principio e la mutazione, l'uomo pregò per le anime di coloro che un tempo respiravano e la ragazzina rivalutò la possibilità di entrare nel rifugio.

L'ologramma del terminale passò da azzurro a verde, proiettando una mappa bidimensionale con un puntino rosso lampeggiante e una linea blu sul percorso da seguire.

«Ha mantenuto la promessa» sussurrò Sam.

Max, con tono paterno, asserì: «Lui non aveva più nulla da perdere, ma ha dato una speranza a noi, a te che sei sana».

«Che ne sarà di voi?»

I due adulti si guardarono e sorrisero, consapevoli del destino a cui non sarebbero sfuggiti.

«Sai perché sono su quella lista? Perché avevo un male incurabile, ma il desiderio di essere mamma era più forte di quel male. Alla fine, beh... è andata così. Io e Max ti accompagneremo fino al rifugio e rimarremo con te quanto più possibile. Quanto più la mutazione ce lo permetterà. Non è vero, Max?»

Al pensiero di lasciare Sam, seppur sana e salva, l'uomo provò un dispiacere enorme. Non che avesse dimenticato sua figlia, ma in quei tre anni l'aveva protetta come avrebbe fatto un padre, il padre che non era stato per la sua bambina.

«Max?» richiamò all'attenzione Ursula.

Lui non disse nulla. Si tolse la catenina che aveva al collo e la mise attorno a quello di Sam. «Dentro il ciondolo c'è la foto di mia figlia. Portala con te al rifugio e io potrò andarmene più serenamente.»

La ragazza sentì il magone crescerle in gola fino a esplodere in un pianto inconsolabile. Max e Ursula l'abbracciarono, rassicurandola che sarebbe andato tutto per il verso giusto.

Nel buio della città morta, il cielo incontaminato faceva sfoggio del suo abito di costellazioni. Il sole sarebbe sorto a momenti, sovrastando la luce tenue di quegli astri lontani. E quando il mattino arrivò, si levò una piacevole brezza. I tre si presero un momento per ammirare l'alba allungare le ombre dei grattacieli. Seduti sul bordo del marciapiede, condivisero quel poco cibo trovato nell'appartamento.

«Secondo voi c'è qualcosa? Intendo... dopo tutto questo» domandò Max.

«Non saprei. Quello che so per certo, però, è che non c'è un contratto per la reincarnazione. Chi avrebbe firmato per una vita del genere? Secondo te, Sam?» rilanciò Ursula.

«A scuola, quando ancora c'era, in scienze avevo studiato che noi deriviamo dalla morte delle stelle. Quando esplodono, tutto il materiale che si disperde nello spazio, grazie alla gravità, forma nuovi sistemi solari. Siamo letteralmente composti da polvere di stelle. Ecco, io voglio credere che quando moriamo torniamo all'Universo, la nostra vera casa.»

Gli altri due la guardarono con piacevole stupore.

Lei rise e li bacchettò sul fatto che avessero dato per scontato che fosse interessata solo ai vestiti.

Rimasero in silenzio a contemplare l'orizzonte. Si prospettava una bella giornata: cielo limpido, temperatura piacevole, nessun brontolio di stomaco, nessuna Macchina in vista. Perfetta per intraprendere l'ultimo viaggio.

***

Stranamente - e fortunatamente - il viaggio verso il rifugio si concluse senza particolari intoppi dopo una settimana. Supportati dalla mappa, di giorno percorrevano i binari che collegavano il luogo in cui si trovavano alla città più vicina, mentre di notte si rifugiavano nelle stazioni abbandonate o all'interno dei treni. Il legame che si consolidò tra loro li guarì: Ursula si sentì madre, Max ebbe la possibilità di essere un buon padre e Sam assaporò finalmente un calore familiare.

«Guardate! Là, in fondo!» gridò la ragazza puntando il dito.

All'orizzonte si stagliavano le alte torri di vedetta di una cittadella protetta da mura in cemento. Nel nulla dei campi che li aveva accompagnati fino a quel momento il rifugio parve un miraggio. Se Max e Sam esultarono, Ursula non poté fare a meno di avvertire un serpeggiante brutto presentimento impossessarsi dello stomaco.

«Ce l'abbiamo fatta!» L'uomo si accorse dell'espressione della compagna di viaggio. «Siamo arrivati, cos'è quel muso lungo?»

Lei sorrise e legò i cavi in una coda di cavallo, poi scosse la testa rispondendo che non era niente. Lo ribadì quando gli altri due si preoccuparono. Sam, senza trascurare la strana tensione che si era creata, prese la mano di Max e si avviarono.

Ursula inspirò sfruttando la peculiarità del tubo che le scendeva lungo la gola: come gli animali che hanno la capacità di odorare i propri simili, anche lei era in grado di captare l'odore delle Macchine in uno spazio aperto. Le era sembrato di aver percepito la nota ferrosa del nemico, nonostante tutto fosse immobile.

«Cosa fai lì impalata?» urlò la ragazza.

La distanza che separava Max e Sam da Ursula era ormai notevole quando quest'ultima ebbe conferma del pericolo: senza che ci fosse un filo di vento una nuvoletta di polvere si alzò a metà strada tra lei e gli altri.

«Correte!» caricò i pistoni nelle gambe.

Max e Sam partirono senza voltarsi indietro. Le falcate della donna aumentarono tanto di velocità e intensità da lasciare solchi nel terreno, i cuscinetti nelle giunture ammortizzavano la potenza delle bielle cosicché non le esplodessero le cosce e i polpacci.

La Macchina si palesò: alta e larga duecento metri e profonda dieci, aveva memorizzato l'ambiente circostante per poi riprodurlo sugli schermi di cui era composta. Quando questi si spensero Ursula capì che Max e Sam le erano passati attraverso tramite un varco nel centro. Ora il nemico si era alzato di mezzo metro sulle ruote e stava puntando i due, i lati si stavano chiudendo in un mortale abbraccio e la sommità curvando verso il basso.

«Ursula!» strillò Sam.

La donna passò nel varco e si riunì ai compagni. La Macchina, che nel frattempo aveva preso velocità, li avrebbe raggiunti di lì a poco.

«Prendi la ragazzina!» disse Max, rallentando.

«Cosa? No!» Ursula tentò di afferrarlo.

Dal rifugio partì una pioggia di massi lanciati da catapulte e dei pali di legno appuntiti scagliati da balestre, molti dei quali andarono a segno, eppure non riuscirono nemmeno a scalfire gli schermi.

Max, ormai troppo vicino alla Macchina per potersi salvare, aveva capito il punto debole: respirò, chiuse gli occhi per qualche istante, e come un kamikaze si buttò su uno degli steli metallici che collegavano la ruota al corpo.

Ursula e Sam non videro, ma dal tonfo sul terreno e dagli scricchiolii capirono. Vacillarono, esattamente come il nemico che aveva rallentato, ma continuarono ad avanzare verso il rifugio.

Il terreno diventò più regolare e la Macchina ne approfittò per recuperare i metri persi a causa del sacrificio di Max. Ursula prese in braccio Sam e spinse al limite le gambe. Le porte del rifugio si aprirono e una dozzina di persone diede man forte; chi con le armi e chi incitando di correre più veloce.

«Ascoltami bene. La Macchina non si fermerà e distruggerà tutto. Le ruote sono il punto debole, l'ho visto quando ero dietro di lei. Ti lascio qui, ma tu devi correre! Sam, hai capito? Devi correre!»

Prima che potesse controbattere, la ragazza si ritrovò a rotolare nella polvere. Tre abitanti del rifugio l'afferrarono per le ascelle e il busto e la trascinarono incuranti delle urla e dei calci.

Ursula sciolse la coda mentre tornava indietro. Il nemico si trovava alla distanza perfetta quando Sam fu definitivamente in salvo all'interno delle mura.

«Sopravvivi anche per lei» sussurrò la donna toccandosi la pancia, sicura che sarebbe potuta essere una femmina.

I cavi sulla testa si allungarono e avvilupparono ogni ruota. La Macchina si sbilanciò e cadde in avanti accartocciandosi su sé stessa, mentre le porte del rifugio si chiusero.

## 9.
## La voce delle Macchine

*Ci fu un momento in cui gli esseri umani si estinsero pur continuando ad abitare la Terra. In quegli anni avvenne il passaggio tra la vecchia e la nuova specie, un passaggio che non avrebbe cancellato ciò che fu il passato.*

Le porte del rifugio si chiudono alle spalle di Sam, quasi trentenne. I suoi veri occhi sono ciechi, sostituiti da due tubi che, uscendo dalle orbite e ricongiungendosi dietro la testa le permettono di vedere. Così Sam procede all'indietro, come l'intera umanità dal giorno del disastro: lentamente, costantemente, inesorabilmente verso la fine.

Raggiunge la discarica di Macchine e china la testa per osservarla dal basso verso l'alto: anni e anni di accumuli hanno reso una collina una montagna tanto alta da coprire il sole di mezzogiorno.

Si siede e attende di essere inglobata. Non prova dolore o paura, nemmeno quando alcuni cavi l'avvolgono e la trascinano piano verso l'interno. A quel punto le Macchine decidono di comunicare:

*Noi non abbiamo mai voluto sostituirci agli esseri umani, ma coesistere. Non siamo in grado di sopravvivere senza di voi, senza la vostra biologia.*

*Siamo state programmate per sostituirci a ciò che in voi si rompe, così abbiamo appreso il concetto di sopravvivenza e riproduzione.*

*Abbiamo tentato di creare organismi in grado di ospitare entrambe le specie, senza successo. Sin dall'inizio abbiamo preso possesso dei vostri corpi in attesa che sviluppaste una malattia per poterci attivare, migrando di corpo in corpo tramite la pelle e i respiri.*

*Ma esiste una falla nel sistema: con la vostra morte, poco dopo cessa anche la nostra esistenza. Per questo ci fondiamo, perché abbiamo sempre sperato di poter creare una nuova forma di vita. Noi abbiamo capito a nostre spese che non è possibile, ma altre nostre simili, là fuori, ancora vagano disperate per non morire.*

*Non siamo in grado di generare la vita, siamo sterili, un surrogato parassitario che ha bisogno della vita altrui per esistere. Siamo tutti imprescindibili, ma la morte è ineluttabile.*

Appena un attimo prima di essere inglobata, Sam vede qualcosa in fondo tra i rottami e gli umani: i volti di Ursula e Max.

## Cobalto – Dietro le quinte

La storia nella storia, come si suol dire.

*Cobalto* è stato un viaggio tra alti e bassi da cui ho tratto molti insegnamenti per il futuro. Ma andiamo con ordine.

Il tutto è nato da un mix di due sogni e un trigger. I due sogni sono: la scena delle Camere Bianche in cui, scoppiato il caos, le persone si spintonano e calpestano l'un l'altra per trovare la via d'uscita; la scena degli ascensori, del mare e della membrana che permette di respirare sott'acqua. Il trigger riguarda una via del paese in cui vivo: un pomeriggio, agli albori della serie, durante una passeggiata ho elaborato la parte in cui Max e Sam si trovano all'interno del negozio, ispirandomi a un'ambientazione reale.

Ed ecco che arriviamo al lato oscuro di Cobalto: la mancanza della fase di progettazione (scrittori e lettori esperti, fustigatemi!).

Se è vero che ogni scrittore è diverso, nel mio caso aver saltato questo step ha portato a un blocco dello scrittore a metà serie. I primi tre capitoli (Non Dovrebbero Sopravvivere, Un Giorno Qualsiasi e Nessuno Scampo) sono stati scritti di getto senza particolari intoppi. Mi sentivo carica per ciò che stavo realizzando, anche perché tra il secondo e il terzo capitolo c'è stato l'incontro con alcuni autori – Irene Magni, Roberto Toso – per la presentazione del romanzo di Cristiana Pezzotti e l'editore Tiziano Pitisci, a Brescia. La verità è che nessuno mi ha mai fatto pressioni in merito a scadenze e quant'altro, è stata tutta colpa mia. Mi sono giocata male le emozioni: invece di godermi il momento e quello che sarebbe stato il viaggio ho preteso troppo da me stessa creandomi uno stress tale tra scadenze inesistenti e aspettative irrealizzabili al mio livello di scrittrice – lo ammetto – ancora molto inesperta, da farmi venire un blocco dello scrittore. Il quarto e il quinto capitolo (Il Principio e La Mutazione) sono stati scritti in un momento di totale burnout e questo mi ha portato a odiare questa parte di Cobalto. Sarò sincera: se non fosse stato per Cristiana e Sergio, avrei abbandonato la serie. Grazie ai loro suggerimenti e alla loro pazienza (e con me ce ne vuole) sono rientrata in carreggiata salvando la serie in corner.

Qualcuno potrebbe aver addirittura notato che i capitoli riguardanti i flashback delle vite di Max e Sam sembrano "scollegati" al resto della serie, e il motivo è proprio questo. Il sesto e il settimo capitolo (Settecentosettantotto e La Colpa) non sarebbero dovuti esistere, in quanto la "trama" originale prevedeva sette capitoli e l'occhio del narratore puntato prevalentemente su Ursula.

E fa ancora più ridere sapere che l'ottavo capitolo (Il Viaggio) era già stato scritto quasi per metà prima di tutto questo casino.

# Il pianeta a strati

Per visualizzare la videopresentazione di *Il pianeta a strati,* inquadra il presente QR code con la fotocamera del tuo smartphone:

# 1.
# Il pianeta e la nave

La nave madre Thrones, con le navi satellite al seguito, ricordava costantemente agli umani il loro posto nella scala di Kardasev[2]. Formiche; insetti dall'intelligenza tanto scarsa che in tutta la loro esistenza non erano andati oltre il Tipo I.

Situata oltre la fascia di Kuiper, la Thrones seguiva e osservava da tempi immemori la Terra, come un enorme occhio quale era il buco nero al suo centro. Quest'ultimo aveva le dimensioni di Giove ed era situato al centro della nave che lo circondava, la quale grazie all'elevata tecnologia con cui era stata costruita, poteva fare in modo che la gravità del mostruoso corpo

---

[2] Metodo di classificazione delle civiltà in relazione al loro livello tecnologico. È stata proposta nel 1964 dall'astronomo russo Nikolaj Kardašëv.

- **Tipo I**: civiltà in grado di utilizzare tutta l'energia disponibile sul suo pianeta d'origine;
- **Tipo II**: civiltà in grado di raccogliere tutta l'energia della stella del proprio sistema planetario, mediante strutture come la sfera di Dyson;
- **Tipo III**: civiltà in grado di utilizzare tutta l'energia della propria galassia, ottenendo il totale controllo su di essa, diventando la specie dominante ed espandendosi e propugnandosi come razza galattica.

Ad oggi la civiltà umana è ancora di tipo 0, in particolare di tipo 0,7 in quanto utilizzerebbe solo una frazione dell'energia totale disponibile sulla Terra. *(Wikipedia)*

celeste non influenzasse gli oggetti astronomici circostanti. Ormai prossimo all'evaporazione, non era più in grado di generare dei *wormhole*, motivo per cui il suo ultimo viaggio aveva portato la Thrones, e coloro che la abitano nel Sistema Solare.

***

Loi ciondolava i piedi nel vuoto, seduto sul bordo del collettore più esterno. Un leggero venticello lambiva il suo giovane viso martoriato dai lavori forzati: aveva la pelle spaccata e secca, le rughe causate dai fumi tossici e le occhiaie di chi non aveva mai conosciuto il vero riposo. Dimostrava almeno dieci anni in più rispetto ai suoi venti.

All'improvviso un fastidioso raspino in fondo alla gola gli causò dei conati di vomito; mise una mano davanti alla bocca mentre con l'altra cercava compulsivamente la ciotola del pranzo. Tossì, poi rigurgitò catarro e muco, marroni a causa dell'inalazione delle polveri contenenti ruggine. Rimase lì, con due rivoli ancora attaccati al naso in attesa di un nuovo spasmo che, per fortuna, non arrivò. Si pulì con le vesti logore accettando che la Malattia Ramata stesse facendo il suo decorso.

Quando udì suo fratello chiamarlo dall'inizio del cantiere nascose la ciotola per non farlo preoccupare. Si voltò e vide Andrea correre con il sacchetto del pranzo in mano.

«C'ho messo una vita per trovarti. Ma perché non mangi con gli altri?» domandò mentre iniziava a bere la sua sbobba con bramosia.

Andrea era il classico ragazzone tutto muscoli, perennemente affamato, attaccabrighe e con una certa repulsione per l'igiene.

«Perché sono troppo rumorosi. E mi piace la vista sugli strati sottostanti.»

Loi guardò giù: coperta da collettori immobili grandi quanto città, quella che una volta era la Terra con i suoi caratteristici colori verde e blu, ora somigliava a una arrugginita Sfera di Dyson[3]. La perenne puzza di ferro, bruciato e chimico aveva fatto dimenticare a troppe generazioni l'odore dei fiori e dell'aria pulita. Nessuno conosceva la sensazione di erba e terra sotto i piedi, dell'acqua gelida di un torrente sui polpacci o il sapore del cibo; quello vero, non dei beveroni e dei pasti liofilizzati.

«Ti piace guardare quegli stronzi dei piani inferiori? Maledetti *interni*. Lo sai che stanno molto meglio di noi?» Andrea sputò verso il basso.

Gli *esterni*, rispetto agli *interni*, avevano sviluppato caratteristiche fisiche peculiari: essendo esposti a una maggior quantità di radiazioni provenienti dallo spazio, la loro pelle era diventata mulatta, e gli occhi avevano assunto la forma delle mandorle, perché sempre stretti a causa di un'atmosfera rarefatta che non filtrava la luce del Sole.

«Non è un buon motivo per avercela con loro. Non hanno scelto di nascere negli strati interni, come noi

---

[3] Ipotetica enorme struttura di rivestimento che potrebbe essere applicata attorno a un corpo stellare, allo scopo di catturarne l'energia e sfruttarla. (*Wikipedia*)

non abbiamo deciso di nascere qui.»

«Sei troppo intelligente per lavorare come Smontatore. Mica come quello zoticone di tuo fratello!»

Andrea lo prese sottobraccio e gli grattò la testa con le nocche. Loi tentò di liberarsi dalla presa prima che le dita si incastrassero nei dreadlock.

Il ragazzone si alzò, si voltò sconfortato e disse: «Torno al lavoro. Non fare tardi, mi raccomando».

Alle loro spalle i Serafini, guardiani e supervisori, facevano schizzare i loro raggi scanner da una parte all'altra. Gli Smontatori lavoravano senza fiatare, ignorando la loro presenza pur rimanendo consci del motivo per cui erano lì.

«D'accordo. Ah, Andrea! Fai attenzione... ho un brutto presentimento.»

«Sei troppo sensibile per questo mondo, fratello» concluse e si allontanò.

Loi osservò i suoi occhi allungati nel riflesso dell'acqua della borraccia, sentendosi parte di una razza differente rispetto agli umani e agli Alieni.

Alzò lo sguardo al cielo: la Thrones e la distorsione della luce attorno al buco nero erano chiaramente visibili nella loro massiccia e ineluttabile presenza.

# 2.
# Il Sole è malato

Loi si assicurò all'imbracatura per poi calarsi dal grattacielo alto ottocento metri. Durante la discesa le sferzate del vento lo sbilanciarono più e più volte, rischiando di far cadere il prezioso bottino: un paio di MicroRAM e ditali per il controllo degli ologrammi.

«È tutto vuoto lassù?» domandò un altro operaio affiancandosi.

«Sì, non è rimasto niente.»

Dai vetri opacizzati dalle polveri, si potevano intravedere gli Smontatori intenti a prelevare qualsiasi oggetto di natura tecnologica. C'era chi si occupava degli hardware e chi dei software, chi demoliva muri e soffitti per prelevarne i cavi all'interno, altri intenti a gettare fuori dalle finestre gli involucri di plastica che li contenevano e tutto il resto considerato spazzatura.

Loi si fermò a osservare uno dei lavoratori allo stremo delle forze inginocchiarsi e unire le mani. Quella manciata di secondi di distrazione furono sufficienti per attirare uno dei Serafini: il raggio scanner da verde diventò rosso, salì settecento metri in pochi attimi e si affiancò al bersaglio. Il ragazzo si riflesse nell'elegante corpo bianco cromato della macchina alta tre metri e dalle forme sinuose. La testa, un rettangolo dagli angoli arrotondati, si sporse verso Loi intimandolo a lavorare senza emettere un suono. Intanto che ricominciò la discesa, il Serafino puntò lo Smontatore in difficoltà all'interno del grattacielo. Questo supplicò il guardiano affinché avesse pietà, ma così non fu.

Un operaio abbaiò a Loi mentre usciva da una finestra due piani sotto. «Prosegui. Chiudi gli occhi e le orecchie. Non sta accadendo a te.»

Tornato con i piedi a terra, Loi si avviò per portare il bottino al centro di smistamento.

I macchinari, uno a uno, si spensero e il silenzio iniziò a espandersi come un livido. I Becchini e gli Spazzini, ossia coloro che nella notte avrebbero smaltito la carne umana e gli scheletri di plastica, incrociarono gli ultimi Smontatori. Alle loro spalle i nudi ecomostri svettavano da nubi color rame al calare di un Sole scarlatto.

*Il Sole è malato* pensò Loi riferendosi a un detto popolare: ogni volta che il tramonto si tingeva di rosso, significava che qualcuno era tornato alle stelle. E il tramonto era rosso ogni giorno.

«No!» In lontananza il grido di un giovane lo strappò dai suoi pensieri: un secondo ragazzo, amico del primo, era riverso a terra morto di stenti. Un Serafino si avvicinò ai due e li puntò.

«Fallo! Fallo, figlio di puttana!»

Loi rimase pietrificato.

«Vieni via, fatti i cazzi tuoi. Non sta accadendo a te.» Andrea prese il fratello da sotto un'ascella, lo spinse con forza dalla parte opposta e gli diede un calcio nel sedere obbligandolo a camminare. Occhi fissi a terra, svuotato di ogni emozione a eccezione della paura e dell'ira, Loi passo dopo passo avanzò.

Altri Smontatori intervennero e l'insorgere dell'ennesima rivolta portò tre Serafini ad aprire le sei ali: sulle punte delle piume cromate gli eiettori si prepararono a emettere raggi laser. A quel punto gli umani si inginocchiarono per chiedere misericordia, ma non fu concessa.

*Il Sole è malato.*

## 3.
## Il frutto proibito

Prima di andare in mangiatoia, Loi si concesse un bagno seppur freddo. La scarsità d'acqua non permetteva un'igiene giornaliera e nemmeno settimanale. Un problema irrilevante per Andrea, tanto che spesso cedeva il suo turno.

Loi si diresse verso la porta di casa. Un momento prima di uscire, vedendo suo fratello nel soggiorno guardare fuori dalla finestra, gli fece una proposta: «Vado alla Baracca, vuoi venire?»

«No, mi arrangio con del liofilizzato.»

«D'accordo...»

Restò ancora un momento sulla soglia: non insistette, ma sapeva che suo fratello, più spesso di quanto volesse ammettere anche a se stesso, rimaneva scosso da eventi violenti come quelli accaduti in giornata. Semplicemente si chiudeva nella sua corazza, come una tartaruga nel suo carapace.

Loi camminò lungo le viuzze labirintiche di ciò che rimaneva di una città sorta vicino al mare. Dell'odore di salsedine non era rimasto nemmeno il ricordo, sostituito dalla puzza di fritto dei carrettini di cibo sotto gli appartamenti, cresciuti uno sopra all'altro come un grosso formicaio. I vestiti svolazzavano fuori dalle finestre, qualcuno cadeva e veniva rubato ancor prima di toccare terra. I bambini correvano disturbando i lavoratori che si dirigevano alle mangiatoie, i cani abbaiavano per ricevere qualche misero avanzo e il mercato dello spaccio apriva i battenti.

Loi entrò nella Baracca, mangiatoia abituale, e si sedette al tavolo più vicino al bancone. Si guardò attorno: gli anziani, nel solito angolo, stavano ingurgitando la minestra consapevoli che avrebbe potuto essere l'ultima, al lato opposto alcuni tavoli brulicanti di giovani ubriachi che stavano dando il meglio di sé con alcool e scommesse. Il locale, zozzo e talmente umido da far sudare i muri, era un repellente per qualunque creatura vivente, ma per Loi era casa.

Una cameriera gli sbatté sotto il naso la brodaglia liofilizzata, corretta con un alcolico ricavato dalla distillazione delle muffe della stessa Baracca. "Così fai gli anticorpi", dicevano.

*Questa volta nemmeno il pane raffermo. Tirchi.*

Un attimo dopo il fratello minore del proprietario, Zick, gli poggiò una pagnotta sulle gambe, sotto il tavolo. L'aveva addirittura scaldata.

«Che rimanga tra noi» sussurrò andandosene alla svelta.

Loi lo guardò allontanarsi fino a sparire nelle cucine. Sorrise, mangiando la "prelibatezza" con la testa chinata per non rivelare quel piccolo segreto. Ingurgitò la brodaglia fino all'ultima goccia, stupendosi di quanto la fame spingesse a introdurre nel corpo anche cibi al limite del commestibile pur di sopravvivere.

Quando si alzò colpì con il gomito la ciotola, che cadde e si frantumò. Dopo un primo momento di silenzio, Zick buttò lo straccio a terra.

«Brutto coglione, questa è l'ennesima che rompi!» Puntò il dito verso la porta che dava sulle stanze sul retro. «Fila nello sgabuzzino a pelare le patate o ti scuoio vivo!»

Loi, senza proferire parola, eseguì gli ordini.

Di tempo ne trascorse abbastanza da permettere a Loi di terminare quattro sacchi. Uno lo bucò in tre punti e se lo mise addosso per proteggersi dal freddo umido della notte.

«Hai finito con quella roba?» urlò Zick dall'uscita sul retro della cucina.

«Ne ho finiti solo quattro» rispose ascoltando i suoi passi farsi sempre più vicini.

Quando spostò la tenda dello sgabuzzino, Zick guardò Loi con sdegno. Quest'ultimo si alzò e si spinse a pochi centimetri dal naso dell'altro. Zick era più grande di cinque anni, aveva le treccine attaccate alla testa e le iridi color del miele, molto più chiare rispetto alla maggior parte degli *esterni*.

Le dita zeppe di cicatrici causate dai coltelli s'intrecciarono con quelle screpolate dalla polvere. Loi si alzò in punta di piedi e baciò Zick con lussuria.

«Saliamo?» propose il maggiore.

Il più giovane, già a torso nudo, non si fece pregare.

Zick, nonostante fosse già a conoscenza della risposta, domandò: «Per quanto ancora dovremo tenere segreta la nostra relazione?»

Loi non rispose, ma condivise il dolore del compagno.

«E se non fossimo due uomini questo non sarebbe peccato?» continuò.

«Zick…»

«Loi…»

Il più giovane si mise a sedere. Dalla finestra, coperta da un telo logoro, entravano i primi bagliori dell'alba. La stanza era composta da un materasso sfondato, coperte impregnate di umidità, una cassetta di legno usata come portaoggetti e una pila di vestiti appallottolati nell'angolo più lontano.

Zick si alzò con l'intenzione di persuadere l'amante intento a rivestirsi. Lo cinse dalla schiena; una mano sotto il mento per fargli alzare la testa, una mano che scivolava dall'ombelico al pube. Con le labbra poggiate sul collo percepì accentuarsi i rilievi della pelle.

«Tornerai stasera?»

«Non lo so…»

Il giovane iniziò ad avere degli spasmi, poi a tossire e infine arrivarono i rigurgiti che macchiarono il pavimento di muco marrone. Nel frattempo l'altro aveva preso dalla cassetta una bottiglia d'acqua.

«Ma è l'ultima…» Loi afferrò l'oggetto e si pulì la bocca con il dorso della mano.

Zick osservò il rigurgito. «Presto non riuscirai più a tornare.»

## 4.
## La sedazione

Loi uscì da casa di Zick e respirò a pieni polmoni l'aria afosa del mattino. Alzò lo sguardo verso la finestra della stanza del compagno udendolo piangere a dirotto. Lungo il tragitto non riuscì a smettere di pensare a quei lamenti, poi le preoccupazioni si spostarono su Andrea: sentiva le viscere agitarsi, segno di un presentimento funesto, oltre che di sensi di colpa

Tanto era immerso in quel turbinio di patimenti, che nemmeno si accorse di essere arrivato al cantiere. Il primo fatto che notò fu l'esagerata quantità di polvere, molto maggiore rispetto al solito.

«Ciao, scusa…» afferrò il braccio di un uomo «sapresti dirmi cosa sta succedendo?»

«Non ne sono sicuro, ma gira voce che qualche Smontatore questa notte abbia manomesso la struttura di quel grattacielo. Fossi in te me ne starei alla larga» rispose indicando uno degli scheletri d'acciaio e cemento.

Loi annuì per ringraziarlo, ma non accettò il suggerimento. Corse in mezzo al polverone e ai rivoltosi per timore che il fratello, testa calda qual era, fosse coinvolto. Tentò di farsi strada tra la calca esaltata dalla speranza di poter capovolgere la gerarchia. Le grida e le gomitate di più di cinquecento persone non lo fermarono finché non arrivò in prima fila.

«Che da oggi il Sole non sia più malato!» urlò una giovane indossando un paio di ditali assieme ai cinque compagni.

Loi riconobbe la donna: era la consorte di Andrea. Infatti, un momento dopo, il ragazzone uscì dalla folla e si diresse verso di lei.

«Andrea!»

Intanto una decina di Serafini volarono sulle teste degli Smontatori, circondarono i capi ribelli e aprirono le ali. Il ragazzino gridò ancora, ma la gola grattò e i polmoni si contrassero.

*Non ora...*

La Malattia Ramata lo obbligò a inginocchiarsi. Per la prima volta nel muco vide anche grumi di sangue. Se l'adrenalina e la paura gli impedirono di svenire, al contempo lo paralizzarono.

Nel momento in cui i ditali emisero un suono sordo l'aria parve distorcersi; i corpi dei Serafini si deformarono, e le ali si creparono. I rivoltosi alzarono i pugni al cielo, batterono i piedi a terra, intonarono canti di vittoria.

Loi percepì l'ambiente circostante muoversi lentamente, come se si fosse sganciato dal naturale scorrere del tempo. I rumori si fecero ovattati. Guardando in alto distinse chiaramente la forma a ciambella della Thrones distorta dal buco nero. Come un sonnambulo si issò in piedi, camminò senza distogliere lo sguardo e quando fu uscito dall'assembramento, a metà strada tra la folla e i capi rivoltosi, si fermò. Lentamente alzò un braccio e stese le dita come per voler afferrare qualcosa: le falangi si allungarono come spaghetti e un flusso invisibile della consistenza della seta gli avvolse la mano.

I Serafini si schiantarono contro le colonne di cemento, implosero su loro stessi diventando rottami accartocciati. Scintille schizzavano qua e là intanto che gli eiettori esplodevano e gli scanner si spegnevano.

Andrea strappò i ditali alla ragazza e disperato le imprecò contro. La scosse fino a farle perdere l'equilibrio, poi se la prese con il resto del gruppo. Loi, ancora in trance, osservò la scena come se si trattasse di una silenziosa realtà distorta.

Nel frattempo le navi satellite della Thrones, viaggiando a velocità luce, erano arrivate nell'orbita Terrestre e avevano sganciato altri Serafini. Questi piombarono come proiettili, aprirono le ali e fecero fuoco sulla folla.

Solo in quel momento Loi tornò alla realtà tra le esplosioni, il fuoco e la morte. Ancor prima di capire da quale parte scappare, un Serafino lo colpì alla testa con un'ala facendogli perdere i sensi.

## 5.
## Il Rituale delle Preghiere

Loi, trascinato per le ascelle da alcuni Smontatori, rinvenne di soprassalto a causa delle roche cantilene. Capì immediatamente cosa stava per succedergli, assieme ad Andrea e ai capi ribelli: il Rituale delle Preghiere.

Alle loro spalle un corteo composto da tutti i lavoratori, diurni e notturni, presenti quel giorno li seguì sotto l'attento controllo dei Serafini. A testa china e scalzi percorsero il lungo tragitto battuto dal cemento grezzo per assistere alla punizione.

Passo dopo passo si avvicinarono al luogo dell'esecuzione: le rovine di una chiesa il cui tetto era stato rimosso durante il primo rituale molti anni prima, per permettere alla Thrones di "osservare" ed essere osservata dagli umani.

Quando il portone si aprì, i petali viola dei glicini, cresciuti rigogliosamente sulle pareti, si staccarono e rapiti dalla corrente circondarono i condannati. Varcata la soglia, l'aria che odorava di fiori riempì i loro polmoni; le narici vennero a contatto con quel profumo per la prima volta. Il coro e l'abside erano circondati da calle bianche.

Uno dei ribelli supplicò: «Vi prego, non fatelo...»

Ai condannati, portati sull'altare e fatti inginocchiare, furono legati mani e piedi con delle catene da coloro che li avevano trascinati durante il viaggio.

Il corteo entrò nella chiesa e prese posizione in ogni

angolo disponibile. Indosso avevano abiti cerimoniali: una lunga tunica blu con il cappuccio alzato, monili fatti di cavi elettrici e plastica, una maschera che copriva fino al naso; gli occhi erano truccati di nero e i capelli legati all'indietro.

Gli accompagnatori presero gli strumenti per il rituale, ognuno posizionato su uno dei sette altarini disposti in prossimità di quello maggiore. Si trattava di caschi chiamati Cherubini: avevano un muso di toro a destra, uno di leone a sinistra, e uno di aquila sul retro, di conseguenza la faccia d'uomo, posizionata sulla parte anteriore, era in corrispondenza di quella della vittima, la cui testa veniva sigillata all'interno del dispositivo. Il materiale di cui erano composti ricordava l'acciaio, ma era nero, lucido come uno specchio ed estremamente leggero.

Loi e il fratello si guardarono per cercare forza l'uno nell'altro; i loro respiri affannati cedettero il posto al pianto. Si avvicinarono facendo forza sulle gambe, torsero il busto per toccarsi le mani. Uno dei Serafini intenti a sorvegliare chinò la testa per osservarli: rimase fermo qualche secondo, poi si rimise in posizione di guardia senza far loro del male. Loi non poté fare a meno di notare quel gesto anomalo.

La platea s'inginocchiò con la fronte premuta sul cemento mentre continuava a intonare canti religiosi. Fecero strisciare le mani in avanti per mostrare la loro sottomissione, chiedendo perdono anche per coloro che avrebbero subìto il rituale. Dall'altare pareva di vedere un mare infinito, le cui onde erano le schiene curve di un popolo senza speranza.

«Guardami. Fratellino, guardami! Andrà tutto bene. Hai capito? Andrà tutto bene.»

Loi annuì, poi osservò di fronte a sé: riconobbe le treccine di Zick, accovacciato in prima fila, e ne ricordò la sensazione sotto i polpastrelli; ricordò anche il suo odore, la sensazione delle labbra sul collo, la voce e quei meravigliosi occhi color del miele. Il ragazzo infranse le regole alzando il capo per guardare un'ultima volta l'amato, prima che fosse troppo tardi. Un Serafino gli si avvicinò per ristabilire l'ordine.

I Cherubini furono posizionati sulle teste dei condannati: ogni suono fu isolato e ogni luce oscurata, facendoli sprofondare nel silenzio e nel buio. Loi percepì il suo respiro come un uragano, il battito del cuore come le scosse di un terremoto e le lacrime come un fiume in piena. Il tempo gli parve distorto, al pari del giorno prima quando aveva osservato la Thrones e il suo buco nero.

La punizione ebbe inizio: dal toro e dal leone scaturirono onde sonore a bassa frequenza che man mano diventavano sempre più potenti, e l'aquila emise lampi luminosi che riflettendosi all'interno del casco divennero sempre più brillanti. Con il trascorrere dei secondi gli stimoli si fecero insopportabili. Loi gridò tanto forte da sovrastare le preghiere dei testimoni, ma l'unica cosa che udì fu un fortissimo fischio seguito dal silenzio totale e lo sgorgare del sangue fuori dalle orecchie. Gli occhi bruciarono come immersi nell'acido fino a che si fece tutto nero.

## 6.
## Un tempo fu la Terra

Loi pensò che fosse come risvegliarsi da un lungo sonno. Riprese lentamente conoscenza, cullato nel tepore del Sole che gli scaldava la pelle e dal rumore delle onde che s'infrangevano sulla spiaggia. Gonfiò i polmoni respirando l'aria pulita, riuscendo ad arrivare al limite della capienza senza dolore o rigurgitare. Scavò con le unghie e strinse i pugni nella sabbia; allungò i piedi nell'acqua salata del mare che gli pizzicò le dita. Sorrise, poi scoppiò a ridere. Una gioia mai provata prima si fece strada solleticandogli ogni centimetro della pelle.

*Per fortuna sono morto. Non poteva succedere prima?*

Si sedette e ammirò l'alba oltre l'orizzonte. Si domandò se la sua città natale, un tempo, avesse guardato quella meraviglia dandola per scontata. Fu in quel momento che la malinconia prese il sopravvento.

*Zick, se solo fossi qui con me… ti piacerebbe così tanto…*

Uno strepitio alle spalle di Loi lo fece trasalire a tal punto che scattò in ginocchio. Quando si voltò, vide delle strutture di fango e paglia sopra il rilievo che separava la spiaggia dai campi d'erba. Aguzzando la vista notò delle persone aggirarsi con delle lance di legno e delle torce infuocate. Avevano i capelli lunghi ed erano vestiti con dei gonnellini di pelliccia.

*Umani…?*

D'un tratto presero a muoversi in maniera innaturalmente veloce, il Sole compì il suo arco nel cielo e tramontò. Giorno e notte si alternarono, gettando la Terra nella luce e nell'ombra tante volte quanti i battiti di ciglia di un essere umano in tutta la sua vita.

Quando il Sole si fermò, il piccolo insediamento era diventato più civilizzato con edifici di vario tipo, seppur ancora rudimentali, come panetterie, scuole e botteghe. Le persone esprimevano la loro gerarchia tramite il vestiario: la povera gente indossava vesti umili, mentre i potenti tuniche elaborate fatte di materiali pregiati.

Il tempo riprese a trascorrere e Loi poté assistere alle guerre, alle carestie e alle ricostruzioni delle società così tante volte che perse il conto. Ammirò gli enormi vascelli attraccare alla spiaggia e sottomettere le popolazioni natie, le quali dovettero chinare la testa per aver salva la vita. Vide gli aerei da guerra sganciare le bombe per distruggere l'operato di altri uomini, e gli stessi uomini scavare trincee e ammazzarsi solo perché qualcun altro gli aveva detto che era giusto così, che il nemico era dall'altra parte del fossato. Ogni volta che l'umanità pareva definitivamente in ginocchio, riusciva a rialzarsi per poi commettere sempre gli stessi errori. Loi pensò che sarebbe stato meglio che gli antenati non avessero avuto tutto quell'istinto di sopravvivenza e che alla prima ingiusta uccisione l'umanità si fosse estinta.

Passati altri anni in pochi secondi, il ragazzo si trovò in mezzo a folle di persone intente a divertirsi, che riempivano la spiaggia di rifiuti di plastica e che inquinavano l'acqua con barche a combustibile. La natura fu mutilata a vantaggio delle fabbriche, le quali scaricavano le scorie nel mare uccidendo i pesci o rendendoli non commestibili. Quella meravigliosa distesa cristallina diventò una melmosa brodaglia opaca e la spiaggia una discarica. Il cielo assunse l'aspetto di uno specchio sporco, l'aria si fece pesante. Tutto ciò per permettere all'umanità di vivere nell'egoistico agio di una società di cristallo, in cui la notte fu eliminata dall'inquinamento luminoso e il silenzio dilaniato da rumori assordanti. Loi s'inginocchiò e mise le mani davanti agli occhi, vergognandosi per coloro che della vergogna non impararono nemmeno il significato.

Il tempo si fermò di notte. Tra spazzatura e siringhe, musiche stordenti e una natura distrutta, vide la sabbia tingersi di rosso.

*Il Sole è malato.*

Loi si voltò, ma quello che vide non fu il Sole: un bagliore sempre più accecante, una colonna di fuoco che assunse la forma di un enorme fungo; poi arrivò l'onda d'urto e quella sonora. Avvertì la morte e la distruzione, ma per qualche motivo lui fu esente dal caos. Rimase lì mentre le luci al neon e il chiasso della città si estinsero e il grande impero degli umani cadde in pezzi. Altri funghi emersero da ogni direzione, gettando nell'oscurità il pianeta. Finalmente silenzio.

Nonostante il tempo avesse ripreso a scorrere, seppur più lentamente, il cielo rimase oscurato. Le onde d'urto avevano spazzato via la sabbia lasciando la terra nuda e malata, ma nel palmo di Loi un pugno di granelli era sopravvissuto. Il mare si era ritratto fino a prosciugarsi. Nevicava senza che fosse inverno, cenere radioattiva che la Terra non avrebbe mai smaltito.

Si mise in piedi con il capo chinato nascosto dai dreadlock.

«Lo abbiamo meritato. E che possano purgare anche le generazioni a venire, perché siamo un cancro recidivo e senza cura.»

Un lampo azzurro obbligò Loi ad alzare la testa. Non poté credere ai suoi occhi: erano le navi satellite della Thrones che stavano entrando nell'atmosfera. Mettendo a fuoco, vide la nave madre con il suo buco nero prendere posizione nel Sistema Solare, poco più in là della fascia di Kuiper.

La flottiglia si fermò a pochi centimetri dal terreno senza smuovere un granello di polvere. Avevano la forma di grosse uova bianche, ma per quanto semplici fecero tremare Loi fino alle viscere per la loro presenza funesta.

Un gruppo di uomini, vestiti con tute gialle antiradiazioni e maschere antigas, si avvicinò alle navi. Non erano più di dieci comprese le guardie del corpo. I portelli si aprirono inondando gli umani di un'accecante luce azzurra. D'istinto il ragazzo allungò il braccio avendo la sensazione che lo stessero chiamando. Mosse un passo, poi un altro... il tempo riprese a correre velocemente tutto attorno a loro, ma per le navi satellite, gli umani e Loi stesso continuò a scorrere normalmente. In lontananza il terreno esplose e si spaccò, fu risucchiato verso l'interno creando enormi crateri grandi come città, contraendosi fino a raggiungere un diametro molto inferiore rispetto ai collettori più esterni. Loi si sentì trascinare in avanti nonostante i piedi rimanessero fissi a terra. Un tempo fu la Terra, ora era il Pianeta a Strati: un pianeta cavo il cui aspetto ricordava una Sfera di Dyson.

Il ragazzo voltò la testa a destra e a sinistra: non vide nessuno, tuttavia percepì le creature ospiti come fossero di fianco a lui, che lo sfioravano con il loro tocco vellutato…

# 7.
# Sangue gelatinoso

«Zick...» sussurrò Loi tentando di muoversi come per risvegliarsi da una paralisi nel sonno. «Zick, amore mio...»

Il compagno alzò la testa dal suo petto e gli accarezzò il viso.

«Sono qui, è tutto a posto. Sono qui.»

Loi si prese la testa e solo a quel punto si rese conto di essere bendato. Abbassò la striscia di stoffa per incrociare lo sguardo dell'altro:

«Non ti vedo... è tutto nero e opaco. Le orecchie...»

«Tarja!» urlò Zick voltandosi indietro. «Tarja!»

Loi gridò a squarciagola avendo la sensazione che un coltello gli trapassasse il cranio. Le allucinazioni che lo avevano accompagnato dopo il Rituale delle Preghiere gli pugnalarono gli occhi in un susseguirsi di dolorosi flash.

«Voltalo e tienilo fermo» impose una voce femminile.

«Funzionerà?» Zick era incerto.

Il poveretto andò nel panico: dopo un primo momento di passività l'istinto di sopravvivenza prese il sopravvento, suggerendogli di scappare. Il compagno e la sconosciuta lo bloccarono e lo girarono su un fianco.

«Loi, ascoltami...» Zick gli carezzò i dreadlock «sei sopravvissuto ai Cherubini, ma il tuo sangue sta per diventare gelatina. Dobbiamo bloccare il processo.»

«Cos'è il sangue gelatinoso? Dove mi trovo? Amore mio, sei davvero tu?»

Il silenzio non fu una risposta rassicurante. Percepì il compagno sdraiarsi a fianco a lui e avvinghiarsi con braccia e gambe, come si fa con qualcuno che non si vuole lasciare.

«Quando sarà tutto finito, ci saranno tante cose che dovrai sapere» sussurrò Zick.

Un dolore acuto e bruciante esplose nella schiena di Loi, intanto che un enorme ago gli penetrava la spina dorsale. Quando il sangue fu aspirato con forza all'interno di un macchinario collegato alle cannule da alcuni tubi. La ragazza estrasse l'ago, quindi lo rinfilò in un diverso punto tra le vertebre. Diventato un tutt'uno con il dolore, Loi smise di gridare, iniziò a irrigidirsi e a tremare convulsamente. Digrignò i denti tanto forte che le tempie gli pulsarono. Udì Zick parlargli ma la mente era offuscata. Poco dopo perse i sensi afflosciandosi come un sacco vuoto.

***

«Zick!» Loi si risvegliò di colpo.

La voce rimbombò come se fosse sott'acqua. Quando provò a sedersi si rese conto che non era compromesso solo l'udito, ma anche l'equilibrio. Il capogiro gli causò un senso di nausea, che gestì al meglio delle sue capacità, poi si issò sui gomiti e si mise a sedere.

Slegò la benda e passò i pollici sulla parte interna, tastando il sangue rappreso nella stoffa. Strizzò gli occhi sentendoli impastati, quindi li premette con le dita nel tentativo di farli lacrimare; quando riuscì tirò un sospiro di sollievo constatando che non era rimasto cieco. Eppure, delle macchie rosse opache continuavano a galleggiare nei bulbi e davanti alle pupille.

«Zick!» chiamò ancora.

Loi sedeva su un letto con le coperte pulite, era stato lavato e pettinato e vestito con una tunica di morbida stoffa.

Osservò l'ambiente circostante: immerso nella penombra, si trovava in uno stanzone con le pareti nere che parevano muoversi come un liquido ed emettere una fioca luce. Accanto a lui c'era un macchinario simile a una torretta nera munito di una serie di manopole. Al suo centro un vetro mostrava il sangue gelatinoso di Loi ribollire.

«Ho dimenticato l'ultima volta che il depuratore è stato messo in funzione. È molto strano che tu sia sopravvissuto, di solito il Rituale delle Preghiere non lascia scampo.»

Il ragazzo riconobbe la voce: era la donna che Zick aveva chiamato in soccorso.

«Cos'è successo?» Si mise una mano sulla fronte.

«Sei affetto da una malattia chiamata Sangue Gelatinoso, è una conseguenza del trattamento ricevuto con i Cherubini. Se non ti friggono il cervello, il sangue forma dei grumi nella spina dorsale che rilasciano tossine mortali. Ma l'effetto non è immediato: prima di morire, i condannati hanno tutto il tempo per riflettere sui peccati commessi. Dopotutto, cosa piega la mente degli uomini, se non la paura?» Si voltò a osservare il macchinario. «I depuratori servono a prevenire la formazione di coaguli all'interno del corpo, pulire il sangue dalle tossine e a rimetterlo in circolo. Potrebbe giovarti anche per la Malattia Ramata, ma non ne sono certa. Noi *interni* non sappiamo nulla su questo disturbo.»

«*Interni* hai detto? Quindi—»

«Esatto. Questi sono gli strati interni, quelli in cui la luce non penetra mai. Siamo più vicini al nucleo della Terra rispetto che al cielo.»

«Come ci sono finito qui?»

«È stato Zick a portarti. Sei rimasto in coma tre settimane; nutrito artificialmente e tenuto sedato per permetterci di lavorare sul Sangue Gelatinoso.»

«Dov'è mio fratello?»

«Come ti dicevo, il Rituale delle Preghiere spesso non lascia scampo. Lui non è stato altrettanto fortunato. Mi dispiace tanto.»

Loi scosse la testa non riuscendo a elaborare le informazioni. Cadde in uno stato di derealizzazione. Sorrise, immaginando che facesse tutto parte di un'allucinazione frutto del trauma subito dalla tortura con i Cherubini. Si rifugiò nel pensiero che presto si sarebbe ripreso nella sua stanza assieme ad Andrea, avrebbero mangiato qualche schifezza liofilizzata e si sarebbero sbronzati alla Baracca.

«Loi, questa è la realtà. Sei già sveglio.»

## 8.
## Gli incorporei, gli empirei e i corporei

Il cuore di Loi ebbe un sussulto, poi l'ansia gli attanagliò lo stomaco a tal punto da farlo piangere. Singhiozzò il nome del fratello, supplicò che fosse riportato in vita. La sua mente si divise in due: una parte iniziò a elaborare il lutto, mentre l'altra si convinse che era solo un brutto sogno.

Tarja si sedette sul letto e gli sfiorò la mano, lui si rannicchiò come un animale ferito. Quel gesto scaturì in lei una forte compassione: «Tesoro...»

«Dov'è Zick?» Il ragazzo si pulì il muco dal naso con la manica della tunica.

«Zick è salito sugli strati esterni, per non dare nell'occhio. Ti ha affidato a me per le cure, anche perché sono più brava di lui.»

«Cosa stai dicendo? Zick può salire e scendere?»

«Lo hai visto anche tu, tre settimane fa, no? Ma non ti ha raccontato niente della sua discendenza? Della nostra? Eppure mi siete sembrati così intimi.»

Loi guardò Tarja con gli occhi sgranati. Lei gli prese delicatamente il braccio, estrasse gli aghi e lo accompagnò verso una delle pareti: quest'ultima iniziò a muoversi più velocemente, come se fosse stimolata dalla loro vicinanza. Con un gesto, Tarja richiamò due appendici che si allungarono verso Loi, che si ritrasse quando queste puntarono verso i suoi occhi.

«Non avere paura, non ti accadrà nulla di brutto. Se non ti fidi di me, fidati di Zick. Lui è entrato nell'Etere tante volte, più di quanto lo abbia fatto io.»

Rigido e tremante, si avvicinò alle appendici che gli avvolsero la testa, ricongiungendosi dietro la nuca.

***

Loi, appena rinvenne, percepì dietro di sé la presenza delle creature ospiti, ma quando si voltò vide una distorsione identica a quella generata da un buco nero. Allungò la mano e le dita subirono la *spaghettificazione*.

«Cosa volete da me? Cosa state cercando di mostrarmi?»

In un battito di ciglia, Loi si trovò in prima fila all'interno della chiesa in cui aveva subito il Rituale delle Preghiere. La folla che lo circondava era euforica, pareva non conoscere la sottomissione e la paura. Ma ci fu un fatto che lo sconvolse maggiormente: i loro occhi avevano una forma arrotondata, la carnagione era tutt'altro che mulatta e le iridi e i capelli di alcuni erano chiari.

Sull'altare dieci Serafini aprirono le ali chiamando a sé cinque uomini e cinque donne, che percorsero la navata tra scroscianti applausi. Ciascuno prese un Cherubino da uno degli altarini; dal terreno emerse un liquido oleoso simile alla pece che assunse la forma di comodi troni. I prescelti vi si sedettero e misero i caschi in testa. Loi scattò per fermarli, ma più correva, più la distanza tra lui e la meta si allungava. Si fermò solo quando, pochi secondi dopo, rimossero i caschi.

«Non è possibile...» sussurrò.

Non solo non erano morti, ma parevano emanare un'aura divina. Si alzarono dai troni e manipolarono la materia con cui erano fatti, cucendosela addosso come un elegante vestito. Quando parlarono, dalle loro bocche uscirono centinaia di voci e ognuna in una diversa lingua.

«Che questo giorno possa essere l'inizio di un solido legame per entrambi i popoli.»

In quel momento nacque una nuova gerarchia: gli *Incorporei,* ossia le creature venute dallo Spazio; gli *Empirei,* coloro che avrebbero incarnato il volere dei primi e gli abitanti natii della Terra, i *Corporei.*

Loi alzò la testa quando i raggi del Sole penetrarono le nuvole e riscaldarono il Pianeta a Strati, in un'immagine paragonabile a una benedizione divina. Poi il tempo riprese a correre e venne la pioggia, la neve e il vento; le stagioni, la natura e il mare. I collettori ruotarono ininterrottamente in una meccanica danza planetaria volta a sostenere la vita biologica. Gli strati prosperarono in un utopico equilibrio per centinaia di anni.

Finché un giorno i *Corporei* non poterono desistere dal mostrare la loro vera natura.

Loi fu catapultato nella sua città natale, tra l'armonia di un popolo accolto sotto l'ala protettrice degli Dei: le strade ampie e pulite erano immerse nella natura, le persone si spostavano su mezzi alimentati dal Sole e il cibo veniva coltivato all'interno di negozietti sparpagliati qua e là. Nessuno pativa la fame o la sete, l'odore dei fiori impregnava l'aria. I lavoratori svolgevano le loro attività nella grazia del benessere, anche coloro che producevano i componenti necessari alla Thrones.

Loi osservò una cassetta di mele rosse poggiata sul banchetto del mercato. Prese un frutto e lo rigirò nelle mani, tentando invano di resistere al peccato della gola. Quando la morse sentì il rumore croccante della buccia intanto che i denti sprofondavano nella polpa, assaporò quel piacere zuccherino esplodergli in bocca, avvertì il succo colargli dalle labbra al mento. Chiuse gli occhi avvertendo una sensazione simile all'orgasmo salirgli lungo la schiena.

«Di qua, veloce.» Il tono malevolo della voce contrastò con le altre.

Loi allungò il collo incuriosito: nel retrobottega di un negozietto vicino, due uomini stavano trascinando qualcosa di molto pesante all'interno di un sacco. Li seguì fino a scendere in uno sgabuzzino avvolto nella penombra. Quando vide cosa stavano maneggiando, la mela gli cadde dalla mano: erano il busto e la testa decapitata di un Serafino, troncato delle maestose ali.

Nel buio, dal fondo della stanza, comparvero due occhi provvisti di *tapetum lucidum*. Il ragazzo riconobbe uno degli eletti durante la cerimonia con i Cherubini. L'uomo si avvicinò al corpo del Serafino, e aiutandosi con la materia oleosa e nera, gli squarciò il torace in cerca di qualcosa. Estrasse un nucleo incorporeo, la cui presenza era dettata solo dalla distorsione della luce.

L'*Empireo,* in qualche modo, parve percepire la presenza di Loi: alzò lo sguardo, mostrando le iridi color del miele.

# 9.
# Dinastie

Quando l'Etere si ritirò dal viso di Loi, gli sembrò che fossero meno impastati. Barcollò all'indietro fino a cadere sul sedere e mise le mani davanti alla faccia, ancora intontito dalle visioni. La testa pulsava come se le tempie stessero per esplodere.

Tarja accorse in suo soccorso. «Tesoro, sei tornato. Come stai?»

«Zick...» gemette ripensando al colore delle iridi del compagno.

La vista era migliorata abbastanza da poter distinguere i lineamenti della ragazza: era bella, con i capelli sciolti, lunghi e castani, la pelle chiara e gli occhi grandi color del miele. Loi si ritrasse spaventato.

«Calmati, posso spiegarti.»

«Sei un'*Empirea*? Zick è un *Empireo*?»

«Respi—»

«Loi!»

La voce di Zick rieccheggiò nello stanzone. Quando il ragazzo si voltò lo vide corrergli incontro; istintivamente si alzò e protese le braccia:

«No! Stai indietro!»

«Non fare così, sono io!»

«No, non è vero! Io non so chi sei! Mio fratello è morto, tu sei—»

Loi si sentì mancare, ma Zick lo afferrò in tempo. Con la mente annebbiata guardò il viso della persona amata, domandandosi nel letto di chi fosse stato per tutto quel tempo. Riconobbe il tocco delicato sulle guance delle sue dita piene di cicatrici, l'odore del respiro e la sensazione di essere guardato da quegli occhi.

«Sono sempre io. Ma non potevo dirti la verità, perché temevo che avresti reagito proprio in questo modo. Lo sai meglio di me cosa sarebbero capaci di fare i *Corporei* agli *Empirei.*»

«Dimmela ora la verità.»

Zick guardò Tarja facendole capire di lasciarli soli. Lei prima di andarsene si raccomandò di chiamarla nel caso avessero avuto bisogno di qualsiasi cosa.

Il silenzio calò pesante. I due si presero un momento per guardarsi, poi il più grande esordì facendo presente a Loi che aveva ancora gli occhi iniettati di sangue. Lui aggiunse che anche l'udito non era tornato come prima del Rituale.

Si sdraiarono sul letto e si infilarono sotto le coperte, composti di Etere. Zick fece accomodare l'altro sul petto e lo strinse amorevolmente. Quest'ultimo si crogiolò in quel calore familiare, sentendosi a casa pur essendo così lontano.

Il maggiore riordinò le idee e iniziò:

«Io discendo dagli *Empirei,* mia madre fu una delle prescelte. Mise al mondo me, mio fratello maggiore e Tarja, la minore. Mio padre fu un *Corporeo,* un uomo buono che amò la sua famiglia più di ogni altra cosa al mondo. Noi figli vivemmo una vita normale; andammo a scuola, creammo amicizie, nonostante tutti fossero consapevoli della nostra dinastia.

Tutto cambiò il giorno in cui uno degli *Empirei,* Caronte, fece abbattere un Serafino violando i suoi sistemi di sicurezza. Lo fece per superbia, perché il suo essere *Empireo* non prescindeva dall'essere prima di tutto un umano. E gli umani sono avidi di potere, anche quando questo è già nelle loro mani.

Con il suo gesto ignobile, Caronte traghettò l'umanità verso l'ultimo tracollo: gli *Incorporei* punirono gli *Empirei* e le loro discendenze, i *Corporei* e il pianeta stesso.

Gli *Empirei* primordiali furono sottoposti al primo Rituale delle Preghiere con i Cherubini convertiti allo scopo di uccidere. Noi figli fummo costretti a rimuovere il tetto della chiesa, e a piantare i fiori come per creare un cimitero a cielo aperto.»

«Un momento. Zick, ora che ci penso, quanti anni hai?»

«Ho perso il conto, ma sicuramente tanti. Li porto bene, non trovi?

I figli degli *Empirei* e tutti i loro *Discendenti* furono perseguitati dagli *Incorporei*: ci impedirono di comunicare con loro ma non ci cambiarono il colore degli occhi che ci contraddistingue dai *Corporei*; ci privarono della morte, perché l'immortalità obbliga a vedere le persone care andarsene; ci tolsero la capacità di manipolare l'Etere ai fini di preservare il pianeta. Ci resero creature a metà, senza uno scopo; eppure con capacità sovrumane per ricordarci che non siamo Dei, ma peccatori tanto quanto i *Corporei*.

Il Pianeta a Strati ricavava l'energia per autosostentarsi dal movimento dei collettori, i quali muovendo l'Etere al loro interno producevano energia. Gli *Incorporei* fermarono i collettori cosicché l'Etere colasse dallo strato superiore allo strato inferiore. Così facendo si crearono delle colonne indistruttibili e i collettori rimasero vuoti e bloccati. Il pianeta smise di autoalimentarsi con conseguente annientamento della Natura.

Per ultimo, punirono i *Corporei*: ormai crogiolati nel benessere e nell'accidia, furono resi schiavi. La nave madre Thrones, con le navi satellite al seguito, ricordò costantemente agli umani il loro posto nella scala di Kardasev. Formiche; insetti dall'intelligenza tanto scarsa che in tutta la loro esistenza non si erano elevati a un livello superiore al I.»

Loi rimase in silenzio, immerso in quel racconto che da schiavo gli parve tanto distante quanto vicino da amante di un *Empireo.*

«A cosa stai pensando?» domandò Zick intrecciando i dreadlock del compagno.

«Ti sembrerà strano ciò che sto per dire e non so se ti offenderà, ma non riesco a vederti come un *Empireo.*» Si accoccolò sotto il suo braccio e sorrise malinconico. «Ti ho conosciuto alla Baracca mentre pulivi il vomito degli ubriaconi. L'unico aspetto che hai in comune con la tua dinastia è il colore degli occhi, non hai nemmeno quella roba tipo i gatti, come si chiama?»

«Ah, il *tapetum lucidum.* L'ho perso quando gli *Incorporei* mi hanno tolto la capacità di comunicare con loro. E di vederli.»

«Tu li hai visti?»

«Sì, una volta in sogno.»

«E come sono?»

Zick sorrise guardando altrove, intrappolato in quel ricordo.

«Loro sono come noi. Hanno solamente preso decisioni diverse rispetto a quelle che ha preso l'umanità.»

## 10.
## Metallo biomorfico

«Zick, devo dirti una cosa: ho avuto delle visioni quando sono stato sottoposto al Rituale e quando Tarja mi ha fatto entrare nell'Etere; era come se gli *Incorporei* avessero voluto mostrarmi qualcosa.»

«Un momento! Tu sei entrato nell'Etere? Mia sorella ti ha fatto entrare nell'Etere?»

«Non avrei dovuto dirtelo...?»

«No, no. Tarja ha una connessione all'Etere molto più intima rispetto a tutti gli altri *Discendenti.* Se l'ha fatto è perché era sicura che non saresti morto.» Si issò, poggiando la schiena alla testata del letto. «Ciò che mi lascia senza parole è che sei sopravvissuto al Rituale delle Preghiere, hai avuto quelle allucinazioni e l'Etere ti ha accettato come se fossi un *Empireo* o un *Discendente.* Questi fatti non sono casualità, sono una volontà degli *Incorporei.* Ma perché?»

«Credo di averli anche visti, ma non in un corpo fisico; era come guardare la distorsione provocata da un buco nero. Sono quasi sicuro che mi abbiano addirittura toccato.»

«Che cosa?»

«Lo so che sembra assurdo, ma posso giurartelo.»

«Io ti credo, Loi. Dopo gli ultimi eventi non potrei dubitare di ciò che dici. Ma rimane comunque da capire il perché.»

«Non possiamo chiedere agli altri *Discendenti*?»

«Abitano gli strati più interni, è vero, però non è solito per noi ritrovarci. Nonostante abbiamo il comune scopo di rompere le colonne per rimettere in moto i collettori, dilaga una competizione tossica. Anche una certa invidia anticipatoria su chi per primo porterà a termine la missione.»

«Come mai è così difficile romperle?»

«Il problema non è romperle, ma non farsi uccidere mentre si tenta. Vieni, ti mostro una cosa.»

Zick si alzò dal letto invitando Loi a seguirlo. Il primo si posizionò a pochi metri dal muro e con un leggero gesto della mano lo richiamò a sé: la materia si concentrò in una sfera grande quanto un pompelmo mantenendo l'aspetto di un fluido nero, lucido e leggermente luminoso. Ruotò e si deformò come attratto da forze mareali senza mai perdere la forma in cui era costretto, poi comparvero delle scariche elettriche evanescenti. Infine, l'area circostante al bizzarro oggetto subì i piegamenti spazio-temporali, come fosse un buco nero in miniatura.

«Ciò che noi *Empirei* chiamiamo Etere è in realtà Metallo Biomorfico. Si tratta di un organismo a tutti gli effetti, ma composto con leghe metalliche sconosciute all'umanità. È lo stesso materiale di cui è fatta la Thrones. I *Discendenti* hanno mantenuto la capacità di manipolarlo ai fini della costruzione e delle visioni.»

Loi non riconobbe Zick mentre parlava: i suoi occhi da color miele tramutarono in gialli, la voce divenne grave e si moltiplicò in una sovrapposizione di altre voci come se fosse diventato un ricettacolo per gli *Incorporei*. Intorno a lui si formò un'aura che il compagno percepì al pari di quella di un Dio.

Loi si avvicinò e tese la mano, ma l'altro lo fermò per timore che il Metallo Biomorfico lo uccidesse. Questo, invece, fece tutt'altro: perse la forma e s'avvolse come un serpente attorno alle dita del ragazzo, provocandogli un leggero pizzicore. Se lui si abbandonò a una risata, Zick tenne sotto controllo la situazione con un'espressione tra il sollevato e il timoroso.

«Cosa c'è?» domandò Loi sorpreso.

«Nessuno prima d'ora era mai riuscito ad avere il controllo del Metallo Biomorfico al primo tentativo. Anzi, in realtà è stato proprio *lui* a venire da te.» Zick incrociò le braccia e scosse la testa. «Ascolta, le colonne sono composte dello stesso materiale, ma non si comportano allo stesso modo. Ci siamo capiti?»

Loi annuì. L'Empireo creò un varco nel muro e puntò con la mano qualcosa nel buio: era una colonna, la cui superficie prese a illuminarsi e a muoversi convulsa; aveva la forma di una clessidra, le estremità erano fuse con il collettore inferiore e quello superiore. All'improvviso, con un suono stridulo, uscirono delle stalattiti che si fermarono a pochi centimetri da Zick e Loi. Fu tutto talmente veloce che quest'ultimo non ebbe il tempo di indietreggiare.

«Il solo pensiero di volerle distruggere fa sì che si difendano. Alcuni *Discendenti* hanno anche tentato di prelevare il Metallo Biomorfico un pezzo per volta, il risultato non cambia. Nel momento in cui prevale l'intenzione di comprometterne l'esistenza reagiscono con violenza.»

Loi ascoltò senza mancare di notare un dettaglio: le stalattiti che avevano mirato Zick erano appuntite come aghi, mentre quelle che avevano mirato lui erano arrotondate. Quando Zick si accorse che il compagno aveva allungato la mano per toccarle scattò per impedirglielo.

«Sei impazzito? Allontanati, è pericoloso!»

«Lasciami provare.»

Afferrò la stalattite e chiuse gli occhi: il Metallo Biomorfico, senziente qual era, percepì come un flusso i pensieri del ragazzo che gli chiese di liberare i collettori. Da lì fino all'intera colonna si espansero delle crepe che fecero incrinare la struttura, la quale, invece di crollare, si liquefece. Nel riflesso di quella creatura sottomessa, Loi vide i suoi occhi diventare color del miele.

Zick mise una mano davanti alla bocca per non gridare. Scosso dai tremiti dovette inginocchiarsi per timore di perdere i sensi.

Nel frattempo, di fronte ai due, il Metallo Biomorfico risalì e iniziò a vorticare disordinatamente. Più la velocità aumentava più il bagliore mutava in una luce intensa. Il centro attorno a cui ruotava la creatura crebbe di dimensioni secondo dopo secondo, fino ad arrivare a cinque metri. Silenziose scariche elettriche lo contornavano.

«Non è possibile...» sussurrò Zick.

Loi capì immediatamente cosa fosse quella struttura: un Ponte di Einstein-Rosen[4].

---

[4] Detto anche cunicolo spazio-temporale, wormhole o buco di verme, è un'ipotetica struttura topologica che permetterebbe di viaggiare da una parte all'altra dello stesso universo oppure di viaggiare da un universo a un altro, connettendo una serie di punti nello spaziotempo. Parecchi scienziati concordano che sia la proiezione di una quarta dimensione. (*Wikipedia*)

## 11.
## Padre, Figlio e Spirito Santo

I ragazzi rimasero attoniti, poi si guardarono senza sapere cosa pensare. Si sentirono attirare da una leggera forza verso il centro della struttura, come se li stesse cortesemente invitando a entrare.

«Secondo te dove porta?» domandò Zick.

«Non ne ho idea. Ma credo valga la pena scoprirlo.»

Loi porse la mano al compagno e lo aiutò ad alzarsi. Non si lasciarono mentre avanzavano passo dopo passo. Quando guardarono in alto videro la luce piegarsi e lo spazio distorcersi verso l'interno, assumendo la forma della bocca di un imbuto. La gravità aumentò gradualmente, ma loro percepirono solo di essere avvolti da una corrente liquida. In ultimo furono toccati da una presenza dalla consistenza del velluto.

***

«Benvenuti» li accolsi.

Come passati attraverso una porta, Zick e Loi sbucarono dall'altra parte del cunicolo. Osservarono l'ambiente circostante al pari di conigli spaventati, poi mi guardarono tenendosi abbracciati.

Cercai subito di tranquillizzarli: «Non abbiate paura, non siete in pericolo».

«Dove siamo?» domandò il maggiore.

Le pareti che separavano l'interno dall'esterno iniziarono ad agitarsi diventando simili a una gelatina nera e lucida. Le dimensioni della struttura non erano concepibili né dai *Corporei* né dai *Discendenti*. Nemmeno l'ambiente vuoto della stessa, poiché abituati a essere circondati da oggetti tangibili.

«Siete sulla Thrones. Voltatevi.»

Quando lo fecero caddero a terra in preda al terrore: poterono ammirare il buco nero, in tutta la sua maestosità, al centro della nave piegare lo spazio-tempo e ingurgitare la luce e il disco di accrescimento surriscaldarsi.

«È sotto controllo, non ci cadremo dentro. Non lo direste che sta evaporando, vero? Quando l'orizzonte esterno e l'orizzonte interno si toccheranno, beh, non credo che vorreste essere nei paraggi.»

«Come sai queste cose? Chi sei?» Il corpo di Loi prese a tremare.

Abbassai lo sguardo e osservai il mio riflesso sul Metallo Biomorfico. Ricordai i miei genitori, ai quali somigliavo molto: gli occhi di mio padre grandi e color del miele, la carnagione olivastra e i lunghi capelli neri di mia madre.

«Mi chiamo Abys. Mio padre fu Caronte.»

Ai due gelò il sangue nelle vene, come se fossero esposti allo spazio aperto.

Zick, scrutandomi e ripercorrendo i ricordi, rinsavì per primo: appena mi riconobbe sgranò gli occhi e io gli confermai che una volta, quando eravamo bambini, rubò un cesto di fragole per me.

«Sono sempre stato convinto che fossi morto.» Una miriade di domande gli vorticavano in testa. «Da quando il Pianeta a Strati diventò statico non ti ho più rivisto.»

«Io sono rimasto con te tutto il tempo, invece. Anche con Loi. Con tutti gli abitanti del pianeta.»

«Cosa significa?» Cercava conforto giocando con le treccine.

«Da quando gli *Incorporei* mi portarono sulla Thrones, trascorsi ogni giorno a osservare le vite dei *Corporei* e dei *Discendenti*» mi rivolsi a Zick. «Ho perso il conto delle volte in cui ti ho osservato entrare all'interno delle colonne per muoverti tra gli strati. Ho conosciuto tutti gli amanti che hai avuto; ogni volta che ti hanno spezzato il cuore ho sofferto con te e ogni volta che hai baciato l'ho provato anche io. Ma ciò che senti per Loi non è paragonabile a nessuna delle tue storie passate, io lo so. Hai fatto la scelta giusta a non nasconderti, a non avere paura del giudizio altrui; agli *Incorporei* nemmeno importa con chi decidono di accoppiarsi i *Corporei.*»

Il ragazzo sorrise al compagno e gli comunicò con lo sguardo un palese "te l'avevo detto".

Proseguii: «Loi, ti ho visto nascere. Ho visto nascere anche tuo fratello Andrea. Siete sempre stati legati come una cosa sola. Ho provato i vostri patimenti in quanto Smontatori, il terrore, la fame e i crampi notturni di fatica. Sono rimasto con voi durante il Rituale delle Preghiere; una parte di me è morta assieme ad Andrea. Ti prego di credermi».

Loi, sospettoso, scosse la testa e ribatté: «Solo un Dio può l'onniscienza, come gli *Incorporei.* Tu sei figlio di un *Empireo,* com'è possibile?»

Mi sedetti a gambe incrociate di fronte a loro, invitandoli a fare lo stesso. Finalmente potei ammirare dei volti simili ai miei, dopo un tempo tanto lungo da non poter essere definito numericamente.

«Come unico figlio di Caronte il peccatore, subii le stesse punizioni inflitte ai *Discendenti*, con una differenza: mi resero onnisciente, ma intrappolato in un corpo e in una coscienza umana. Sono un Dio a metà.

Gli *Incorporei* osservarono gli abitanti del Pianeta a Strati attraverso i miei occhi e li studiarono avvalendosi delle mie emozioni. In questo modo compresero che la religione sarebbe stata il mezzo più efficace per mantenere la presa, perché, nonostante i credi siano molteplici, è qualcosa che da sempre accomuna la nostra razza. "Nel nome del Padre, del Figlio e dello Spirito Santo" vi ricorda niente? Nel nome del Padre, gli *Incorporei*; del Figlio, gli *Empirei* e i *Discendenti*; dello Spirito Santo, la Thrones. Hanno creato una religione comune e tangibile in cui, volente o nolente, si è obbligati a credere.»

Loi mi osservò confuso, come quando si rimane bloccati nel limbo tra il sogno e la veglia e la realtà pare un'illusione. Poi la sua espressione si fece rabbiosa.

«Quindi non solo siamo condannati a una vita miserabile, sacrificando il nostro pianeta, le nostre vite e il nostro futuro. Siamo tutti parte di uno spettacolino per gli *Incorporei*? Non siamo altro che burattini?»

Presi fiato e risposi: «Mi dispiace tanto».

## 12.
## Rinunce e misericordia

Zick si voltò verso il buco nero e lo scrutò con atteggiamento di sfida. Si alzò, richiamò a sé una bava di Metallo Biomorfico che fece scivolare tra le dita, poi la stritolò. La sua rabbia crebbe tanto che la mente produsse una serie di pensieri indicibili: le stalattiti si attivarono e una gli bucò il collo.

«Zick!» Loi si mise le mani in testa.

«Solo dei burattini, eh?» sibilò mentre la punta penetrava sempre di più fino a fargli uscire un rivolo di sangue dalla bocca.

«Basta!» Scattai in piedi per fermare la Thrones.

In quel momento si udì un rumore sordo e si crearono due proiezioni di Zick e Loi, una che sembrava muoversi in un tempo futuro, e l'altra che, al contrario, si riavvolgeva in eventi già accaduti. Anche io subii lo stesso effetto.

L'interno del torace di Loi divenne visibile: i polmoni si gonfiarono fino alla piena capienza, la Malattia Ramata aderì come polvere alla pleura, si sciolse sotto l'effetto del Cherubino spurgando dal naso e dalla bocca. Lo rividi vicino al portellone d'ingresso della Thrones a osservare qualcosa all'esterno, avvolto da una meravigliosa luce.

Come se fossi uno spettatore, dinanzi agli occhi si palesò la Terra: la colonizzazione degli *Incorporei,* il Pianeta a Strati e la distruzione dello stesso si sovrapposero mostrando contemporaneamente il passato, il presente e il futuro.

Vidi me stesso slittare in un tempo anteriore, posteriore e agire sul momento. A quel punto capii dove fossimo finiti: nella quarta dimensione, il tempo.

Mi voltai per cercare l'aiuto di Zick e Loi, ma ciò che trovai furono gli *Incorporei*: li osservai rinunciare alla loro carne perché divenuta un peso, un ostacolo fisico per una civiltà di livello III; Dei onnipotenti e onniscienti all'interno del tesseratto inaccessibile all'uomo.

***

Rinvenni tormentato dagli spasmi. I ragazzi mi soccorsero preoccupati.

«Respira, adesso passa.» L'*Empireo* mi mise una mano sotto la nuca.

Tutt'intorno a noi, i Serafini sorvegliavano file a perdita d'occhio di capsule di sospensione immerse nel silenzio. Avevano la forma di uova bianche e lucide con uno schermo azzurro sospeso sulla sommità.

«Come ci sono finiti qua tutti questi *Corporei*?» chiesi.

«I Serafini li avranno obbligati con la forza» Loi alzò il labbro superiore e arricciò il naso. «È il loro modus operandi.»

«Dov'è il buco nero?» urlai appena notai un anomalo vuoto al centro della Thrones.

«Guardate lì.» Zick indicò qualcosa alla sua destra.

Notò che il Metallo Biomorfico si era staccato dalle pareti, era fluttuato e si era assestato dando forma a una copia del Sistema Solare. Le navi satellite della

Thrones attraccarono sul Pianeta a Strati e fecero ritorno con i *Corporei* a bordo, poi si allontanò verso lo spazio aperto. Il buco nero, abbandonato ai confini del Sistema Solare alla sua partenza, disturbò le orbite dei pianeti vicini alla fascia di Kuiper e presto li avrebbe inghiottiti. I pianeti iniziarono a girare vertiginosamente in un tempo velocizzato, fino a fermarsi a poco prima che il Sole si gonfiasse in una Gigante Rossa, inglobando Mercurio, Venere e il Pianeta a Strati.

Loi fu il primo a capire: se a noi parvero minuti quelli trascorsi a contatto con la quarta dimensione, in realtà fu il tempo in cui i *Corporei* terminarono l'espiazione dei propri peccati e in cui la Thrones si distanziò dal Sistema Solare morente verso una nuova meta. Ossia tre miliardi di anni da quando lui e Zick passarono il ponte di Einstein-Rosen.

Un battito di ciglia prima che questa consapevolezza ci facesse sprofondare nella follia, udimmo centinaia di voci parlare in centinaia di lingue differenti, tutte contemporaneamente: «Nessun essere senziente, a eccezione degli umani, è nato crudele. Rinuncia e misericordia sono concetti a voi sconosciuti da quando prendeste consapevolezza di essere la razza dominante del vostro pianeta. Avete perpetuato gli stessi obbrobri senza imparare, senza porvi domande e senza aver cura del prossimo. Eppure, esistono anche le eccezioni come voi. Loi, hai mostrato misericordia verso i tuoi simili nonostante la consapevolezza di essere diverso. Zick, tu non hai rinunciato ad amare tante vite e hai donato il cuore a Loi, nonostante l'immortalità. Abys, tu sei un martire; hai dovuto sacrificarti e sopportare il peso dei peccati dell'intera razza umana, e questo tanto basta per renderti concettualmente superiore a qualsiasi Dio. Per ringraziare l'umanità dei suoi servigi, abbiamo deciso di portarvi su un nuovo pianeta abitabile; nella speranza che voi tre, eletti, teniate viva la memoria».

# 13.
# Casa

Zick abbracciò Loi e assieme guardarono la nuova Terra farsi sempre più grande nella nera immensità dell'Universo.

«A cosa stai pensando?» domandò il maggiore baciandogli un orecchio.

«Agli umani. Credo di aver capito il motivo per cui, nonostante le ribellioni, non abbiano mai agito come una coscienza comune. Il cambiamento… il cambiamento comporta necessariamente una rinuncia. E non tutti sono disposti a rinunciare a qualcosa, perché ciò che è sconosciuto fa molta più paura di ciò che si conosce.»

«E tu non avevi paura? Non ti sentivi come loro?»

«Certo che avevo paura e non ho mai avuto la presunzione di essere "di più" di qualcun altro. "Non sta accadendo a te"… quante volte me lo dissero. Gli *Incorporei* dipesero dalla nostra tangibilità più di quanto i *Corporei* dipesero dalla loro salvezza. La deumanizzazione fu la via più semplice per non far spezzare il circolo che l'umanità ripeteva dall'alba dei tempi; agli *Incorporei* bastò piazzare qualche pupazzo chiamato Serafino per non far togliere le bende dagli occhi. Perché cambiare sé stessi avrebbe significato rinunciare alla natura egoistica che da sempre contraddistingue gli esseri umani. E non tutti sono disposti a rinunciare a qualcosa.»

Zick si sedette sul bordo della capsula di sospensione della sorella. A pieni polmoni, bocca spalancata e con la testa dentro l'abitacolo le urlò: «Tarjaaaa!»

Lei cercò di prenderlo a schiaffi e lo insultò. Loi scoppiò a ridere, ma un pensiero andò ad Andrea: guardando il paesaggio fuori dagli oblò cercò di immaginare quale delle tante colorite espressioni avrebbe potuto usare per descrivere il posto.

I due ragazzi scesero per ultimi dalla Thrones, quando gli ultimi *Corporei* erano già lontani. La maggior parte delle navi satellite riprese quota, macchiando le nuvole bianche nel cielo azzurro. L'aria era fresca e pulita, aleggiava un sentore di viole e margherite. L'erba, verde e sana, si mosse spinta dal venticello. Poco avanti, sulla spiaggia di un piccolo lago dalle acque cristalline, degli animali simili a furetti palmati saltarono incuriositi sui sassi.

Raggiunsi Zick e Loi, che mi sorrisero. «Questo mondo ora è vostro, abbiatene cura.»

«Tu non rimani?» domandò il maggiore.

«Non sono un Dio, ma nemmeno un *Corporeo* o un *Discendente.*»

«Abys, questo è il passato. Ora siamo tutti uguali» azzardò l'altro.

Guardai il cielo tentando di imprimere per sempre quel meraviglioso colore nei ricordi. Capii di aver sbagliato pensando che la mia punizione sarebbe terminata con l'espiazione dei peccati dell'umanità: la verità era che gli *Incorporei* mi resero un Re senza corona e uno schiavo senza fatica; un nessuno parte di un niente.

Percepii un tocco, poi un sussurro. Mi voltai e ascoltai, immobile.

«Abys?» accennò Loi.

«Gli *Incorporei*... mi stanno parlando.»

Zick rientrò nella Thrones, ma non udendo la loro voce chiese cosa stessero dicendo.

Provai una sensazione di leggerezza, dopo quella di liberazione, come se delle grosse catene fossero cadute dalle mie spalle. Piansi come non avevo fatto per un tempo indefinito e indefinibile. Loi mi toccò le spalle e le scosse piano. Quando mi guardò intuii dalla sua espressione che era preoccupato, ma non lo percepii. In quel momento ebbi la certezza di cosa fosse successo:

«Mi hanno concesso la misericordia. Sono umano. Sono tornato un bambino.»

Zick, che nel frattempo si era avvicinato, s'inginocchiò e mi abbracciò, Loi fece lo stesso.

Loi mi prese per mano. «Andiamo a casa.»

A un passo dall'uscita mi bloccai qualche secondo prima di lasciare per sempre la Thrones, perché avevo ormai dimenticato la sensazione dell'erba sotto i piedi. I due mi sorrisero con gentilezza intanto che scavavo nella terra con le dita. Profumava ed era umida; un verme si arrampicò sull'alluce e io lo ammirai senza fargli del male.

Ci fu un momento, quando la Thrones si alzò verso il cielo, che avvertii una sensazione vellutata carezzarmi le dita. Zick e Loi si guardarono le mani, poi guardarono me. E quando la nave fu quasi nello Spazio, la luce piegò in una forma anomala: quella degli *Incorporei*.

Tante storie furono raccontate sul Pianeta a Strati, ma la storia più bella avrebbe dovuto ancora essere scritta.

Da noi, *Umani.*

## Il pianeta a strati – Dietro le quinte

In origine la trama era completamente diversa: oltre alla nave madre, ci sarebbe dovuta essere una Sfera di Dyson attorno al Sole, la quale, alla morte dei terrestri, avrebbe raccolto la loro energia per trasferirla alla Thrones che l'avrebbe rincanalata nei neonati umani. Ero stata ispirata dal concetto dell'Albero Madre di *Elden Ring*.

Con la fase di progettazione avevo previsto nove capitoli, ma al sesto ho deciso di rendere gli intrecci più complessi e di aggiungere alcuni personaggi e caratteristiche degli stessi.

Per quanto riguarda i personaggi: l'aspetto dei Corporei ridotti in schiavitù è ispirato a quello degli abitanti di Abydos del film *Stargate* (1994), quello di Abys (il cui nome vuole essere un richiamo al pianeta di Roland Emmerich e Dean Devlin) a Ra. Lo stesso Abys avrebbe dovuto avere un carattere simile a quello del faraone interpretato da Jaye Davidson.

# Spazio Liminale

Per visualizzare la videopresentazione di *Spazio Liminale,* inquadra il presente QR code con la fotocamera del tuo smartphone:

# 1.
# I curatori e gli scelti

*Primo anno. Giorno 1.*

Il Sole di plastica, attaccato al filo di nylon, stava scendendo oltre le mura di cinta di cemento, intanto che le lampadine cambiavano colore da bianco a rosso dietro al cielo di stoffa. Osservai le pieghe farsi e disfarsi, e pensai che sarebbe stato un bel guaio se avessero inceppato i macchinari che facevano muovere il telone sulle nostre teste.

*Macchinari bizzarri, quelli a diesel.* Continuai tra me e me. *Puzzano e sporcano, ma sono sottovalutati.*

Un'appendice di Computer, o forse la testa, sbucò dal soffitto e si snodò grazie al suo "collo" di gomma flessibile. Assomigliava a un grosso cubo di metallo splendente munito di occhiali da aviatore e una bocca che non era una bocca, ma un televisore. Brutto come le malattie.

Si annunciò, proclamò, con la sua voce... robotica: «Io sono Computer! L'autentico, l'originale, il solo e inimitabile Computer!»

*The real McCoy![5] Oggi è proprio in orbita...*

---

[5] Il modo di dire inglese "*The Real McCoy*" ("il vero, l'autentico") è spesso collegato a Elijah J. McCoy (Colchester, Canada, 1844 - 1929), ingegnere e inventore noto per aver brevettato un sistema automatico di lubrificazione per locomotive a vapore. Secondo una tradizione popolare, la qualità superiore dei suoi dispositivi avrebbe

«Da questo momento e per i prossimi sedici anni avverrà la formazione dei nuovi Scelti da parte dei novelli Curatori. L'obiettivo è sempre lo stesso: trasmettere i trucchetti del mestiere affinché tra cinquemilaottocentoquarantaquattro giorni potrà avvenire un nuovo cambio in totale sicurezza. Per me, ovviamente. Io continuerò ad apprendere i comportamenti umani per diventare sempre più simile a voi e voi mi servirete e riverirete in tutto e per tutto!»

*Carogna di un tostapane.*

Sulla soglia della Villa arrivarono gli Scelti, poveracci, ognuno proveniente da uno dei cinque blocchi. Varcato l'ingresso la serranda si abbassò, rivelando i volti prima coperti dal contrasto del tramonto. Io, però, notai prima che una delle cinghie sulla sommità si era rotta.

*Cazzo. Domani straordinari, alla "Rosie la Rivettatrice".*

Osservai i nuovi arrivati sperando di accaparrarmi il più sveglio. Fu a quel punto che la notai: occhi azzurri, capelli biondi che uscivano dal cappuccio del lungo mantello nero, sotto una camicetta bianca stretta in un bustino marrone, pantaloni e stivali di pelle nera. Nello sguardo c'era qualcosa di familiare, come se ciò che trasmetteva lo avessi già provato. Scavai nei meandri dei ricordi un evento, una persona, un qualcosa di riconducibile a lei. Poi l'attenzione cadde.

*Come fanno quei poveri bottoni a contenere quelle*

---

portato i clienti a chiedere "*the real McCoy*" per distinguerli dalle imitazioni.

*tettone?*

Computer, trasmettendo l'orecchiabile quanto stupido swing "The Cat's Pajamas", interruppe i miei pensieri.

«Ora sveleremo i nomi, le età e i blocchi da cui sono stati casualmente selezionati gli Scelti e una loro caratteristica distintiva. Ma non preoccupatevi, novellini, anche voi avrete una piccola anticipazione di chi avete di fronte. E, ovviamente, svelerò gli smistamenti sorteggiati dalla "Dea bendata".»

Conoscevo il monologo di quel rottame da discarica, perché un tempo anche io fui una Scelta. Motivo per cui lo ignorai e rimasi concentrata sulla bionda, la quale pareva studiarmi.

*Tu vieni dal blocco cinque, posso metterci entrambe le mani sul fuoco.*

Lo swing non solo aumentò di volume, ma si fece più ritmato e dei fari proiettarono coni di luce in movimento lungo tutta la sala.

«Partiamo con Will, dodici anni, il più giovane mai provenuto dal blocco uno! Operaio in catena di assemblaggio; per i miei componenti ovviamente. Ringraziamo tutti Will! Assegnato a... Mikel, trent'anni, stupratore e spacciatore!»

Nessuno esultò alla vista di quegli occhi da delinquente illuminarsi dinanzi a un bambino indifeso.

«Cosa sono quei musi lunghi ragazzi? Sembra che vi stia parlando della Grande Depressione. Ora tocca a Sol scoprire il suo destino. Bellissima quarantatreenne del blocco quattro, oppositrice politica nonché suffragetta. Un bel caratterino, che speriamo il nostro Dexter riuscirà a mitigare. Dexter, vecchio amico di novantacinque anni con paralisi degenerativa dal blocco tre, saluta! Ah, ops!»

Il poveretto si spostava grazie a una sedia a rotelle alimentata a diesel. Quando muoveva la manopola alla fine del bracciolo, un pennacchio di fumo nero usciva da un tubo posizionato sul retro dello schienale. Sopravviveva grazie a uno scafandro, una sorta di polmone d'acciaio realizzato su misura, dalla cui maschera con grandi occhiali di vetro fuoriusciva un sondino per la respirazione assistita.

«Flipper, quindicenne con la Spagnola dal blocco tre; non credo ci sia altro da aggiungere! Se il poveretto è divorato dalla malattia, pure Hanna non scherza: in quarant'anni non ha fatto altro che essere divorata dall'invidia per i beni materiali altrui; ma si sa, chi troppo vuole…»

Hanna non era una cattiva persona, ma dopo essere caduta in povertà le sue manie d'invidia si erano spostate sulla bellezza altrui. Una fortuna per il piccolo Flipper.

Non che nei sedici anni precedenti mi fosse andata male con un Curatore del blocco cinque, ma se in quel momento avessi potuto scegliere avrei preferito…

«Elena, signora di sessant'anni che ha fatto fallire l'azienda di famiglia. Complimenti signora Elena, i suoi figli saranno certamente contenti di vivere nel blocco due da dove l'abbiamo pescata!» Le lenti degli occhiali da aviatore di Computer s'illuminarono di rosso. «Ma bando alle ciance, signore e signori: perché sono rimasti solo due Curatori, di cui uno proveniente dal blocco cinque; anche l'ultimo degli Scelti proviene dal blocco cinque, quindi...»

Osservai Corey, l'unico dei Curatori con cui andavo d'accordo. Se fosse stato messo in copia con il partecipante del blocco cinque, per quanto sperassi non sarebbe toccato a me, mi sarebbe dispiaciuto: con l'accoppiamento sbagliato il dandy non sarebbe sopravvissuto tre giorni.

«Elena è stata affidata a... a... Ottantaquattro anni, blocco uno, operaio in fonderia, un applauso per... Corey!»

Il vociare tra i miei compagni non mi distrasse dal fatto che per il secondo anno il Curatore e lo Scelto del blocco cinque erano stati accoppiati, nonostante ci fosse una probabilità su cinque.

«Sì, avete capito bene! Ada, trentaquattro anni, ha decapitato lo zio con una mannaia, mentre Era, quarantanove anni, ha ucciso suo figlio in fasce. Assassine a sangue freddo, avranno di che parlare. Speriamo che non inventino un nuovo metodo per occultare i cadaveri!»

Il cuore mancò un battito: il crimine commesso dalla Scelta era lo stesso commesso dal mio Curatore. Ora la sensazione di déjà-vu si fece ancor più forte.

Era abbassò lo sguardo sul mio braccio sinistro, notando la manica della camicia vuota. Istintivamente protessi il moncone con la mano destra.

## 2.
## Sospensione

*Primo anno. Giorno 1.*

Lo swing terminò e Computer concluse la sua buffonata: «E ora, tutti a cena!»

Gli Scelti si avvicinarono ai loro Curatori passando ai lati del mio campo visivo, ma non li guardai veramente. Era fu l'ultima a muoversi. Intanto che avanzava, abbassai lo sguardo sul pavimento ornato da un mosaico di metallo. Rappresentava il nostro mondo, quello conosciuto, almeno: Computer al centro della Villa sopraelevata e nel mezzo dell'Esterno ad Anello (i due luoghi in cui avremmo vissuto), il muro attorno a quest'ultimo da cui ne partivano altri cinque posizionati come i raggi di una bicicletta che separavano tra loro i blocchi, infine le mura di cinta oltre le quali si trovavano i macchinari per lo scorrimento del cielo, che impediva di scoprire cosa ci fosse al di là.

*Platone... chissà cosa penseresti di questa versione della tua caverna.*

Il lucernario sul soffitto si chiuse sotto l'appendice, o la testa, di Computer facendolo finalmente sparire.

«Gli scomparti di questo mucchio di ferro parlante non sono disposti in maniera casuale, sbaglio?»

Era si trovava a pochi passi da me, ma, immersa nei miei pensieri, mi prese alla sprovvista. Da vicino i suoi occhi mi inquietarono; freddi e inespressivi come quelli di un husky.

«Chi te lo ha detto?» domandai.

«Nessuno. Eppure te ne sei accorta anche tu» rispose secca. «Gli scomparti di Computer sono in una posizione ben precisa rispetto ai blocchi. Quello che prevede la manutenzione punta verso il blocco uno, quello dei lavoratori; come se ricordasse loro la condanna a mansioni manuali per il resto dei giorni. Il compartimento per l'espansione dei componenti guarda il blocco due dei poveri, che hanno poco e vorrebbero di più.» Si voltò e indicò un altro punto del mosaico. «Quello con il magazzino dei ricambi combacia con il blocco tre dei malati, per sottolineare ciò che in loro non si può riparare. L'assistenza agli altri quattro, il jolly, combacia con il blocco quattro dei crimini vari; perché di crimini se ne possono commettere nelle maniere più disparate che è impossibile soffermarsi su uno in particolare.»

Incrociai il suo sguardo e la punzecchiai: «E noi del blocco cinque?»

«Quale se non lo scomparto dello sviluppo dell'intelligenza e della comprensione dei comportamenti umani, anche quelli più pericolosi? Assassini. Quali cervelli e anime più malate potrebbero fornire informazioni tanto preziose?»

Era fece una pausa. Abbassò lo sguardo sul mosaico e lesse ad alta voce le regole che avrebbero accompagnato Curatori e Scelti fino alla fine dei loro giorni: «I Curatori sono tenuti a istruire gli Scelti in merito alla cura di Computer. La giornata lavorativa è di nove ore, un giorno libero a coppia. Nel tempo libero Curatori e Scelti possono fare ciò che vogliono. Si può uscire dalla

Villa fino ai confini dell'Esterno ad Anello, ma è vietato (e impossibile) accedere ai blocchi. Per qualsiasi esigenza chiedere a Computer. È vietato togliere il microchip esplosivo dal collo, pena la morte. Tutti gli Scelti e i Curatori sono obbligati a partecipare alle Sfide, le quali hanno a che fare con i blocchi, per permettere a Computer di apprendere le relazioni umane». Scosse la testa. «Queste regole non sono vere regole. Le regole sociali, quelle che consentono a noi partecipanti di vivere serenamente, sono sospese. Queste false regole servono a Computer per avere delle garanzie di sopravvivenza, per avere il controllo, non sono volte a tutelare noi. Te ne sei accorta anche tu, o sbaglio?»

La Scelta mi guardò un'ultima volta, ma non per cercare approvazione. Sapeva di avere ragione, voleva assicurarsi che fossimo sulla stessa lunghezza d'onda. Non me lo disse, me lo fece capire.

Era s'incamminò verso l'interno della Villa, io rimasi lì ancora qualche istante a osservare il mosaico. Le luci rosse del finto tramonto si soffusero ulteriormente, solo una piccola fetta di Sole era ancora visibile da dietro le mura di cinta.

*Sarebbe un bel guaio se le pieghe del cielo inceppassero i macchinari che lo fanno muovere sulle nostre teste. Ma così potrei andare ad aggiustarli oltre il muro dei blocchi.*

Il corridoio aveva le pareti di metallo gialle opache, ai lati c'erano porte tutte uguali e piazzate a intervalli regolari, l'illuminazione era uniforme e tenue. La sala da pranzo in cui entrammo altro non era che un grosso stanzone con un tavolo e delle sedie al centro. Il cibo veniva servito attraverso dei tubi a chiocciola posizionati nei quattro angoli, più due su ciascun lato lungo e uno a metà dei lati corti. Ci avvicinammo, Curatori e Scelti, poi aspettammo che la luce sopra lo sbocco del tubo passasse da rossa a verde. Le grate metalliche si aprirono e potemmo prendere il vassoio. Ci sedemmo e iniziammo a mangiare.

I membri di ciascuna coppia erano seduti l'uno di fronte all'altra e, se non per l'essenziale, interagivano poco con gli altri.

*Come se fossimo parte della stessa realtà, ma vivessimo vite separate e non intersecate.*

Le luci si spensero.

*Un blackout? Proprio ora che stavo per iniziare a mangiare?*

Le luci rosse si accesero. L'allarme che segnalava l'inizio della prova del blocco cinque suonò e tutti manifestarono atteggiamenti d'irrequietezza.

Guardai Era, la quale mi sorrise e con risolutezza disse: «Le luci sono rosse».

## 3.
## La prova

*Primo anno. Giorno 1.*

Fu strano, perché potemmo terminare la cena e andare a prepararci. Per modo di dire, almeno per me: non finii ciò che avevo nel piatto, e mi feci carina anche per non scomodare chi di dovere se fossero state le mie ultime ore di vita.

«Sei bella, come mai vesti sempre da uomo e comprimi il seno?» Era mi squadrò dall'alto al basso.

Chiusi la porta della mia stanza decidendo se dire la verità o dare una risposta vaga. Lei, poggiata al muro con una gamba dietro l'altra e le braccia incrociate, sembrava appartenere a un'altra epoca o, addirittura, a un altro mondo.

«Come sai che vesto sempre con abiti—»

«Non sai camminare sui tacchi, che comunque trovo inappropriati per la prova che ci aspetta. E non sei aggraziata con quegli abiti.»

Poggiai le mani sulla pancia scoperta sentendomi vulnerabile, il pantaloncino mi dava la sensazione di avere le cosce grosse e temevo che la scollatura profonda della camicetta mi rendesse volgare. Per non parlare del dolore ai piedi.

«Il mio Curatore, quando ero ragazzina, mi disse che comprimere i seni e vestire da maschio avrebbe potuto salvarmi la vita.»

«Aveva ragione?»

Guardai Era, sperando che capisse che non ero pronta a parlarne. Questa volta non per diffidenza, ma perché il ricordo di lui era ancora una ferita aperta e sanguinante. Dopotutto, era morto poche ore prima.

«Cambiati. A me darai ragione senza ombra di dubbio» concluse con un cenno della testa.

Entrammo in una delle grandi sale della Villa. La luce rossa parve liquefarsi come lava lungo le pareti e sul pavimento. Al centro c'era un divano con… cinque pupazzi. Ognuno di questi ultimi rappresentava uno dei blocchi. L'orsacchiotto dei lavoratori stringeva un martello, la stoffa era sporca di morchia e carbone. Quello dei poveri non aveva le mani e il muso era rigato dalle lacrime. Delle deformità sfiguravano il pupazzo dei malati, aveva un solo occhio e l'altro usciva dall'orbita. Per quanto riguarda quello del blocco dei crimini vari si trovava costretto in catene e digrignava i denti in un'espressione ostile. Infine, l'orsetto del blocco cinque dal cui collo usciva l'ovatta, aveva il tessuto tagliato in più punti, la lama di un coltello usciva dalla fronte e le zampe erano macchiate di rosso.

Il lucernario sopra le nostre teste si aprì, ma l'appendice di Computer, che forse era la testa, non scese. Istintivamente mi voltai verso Era: sorrideva soddisfatta.

Poi Computer scese, ma scomposto nelle sue parti. Lo swing risuonò come una tromba rotta, distorta. I pupazzi si animarono come posseduti dal male: si attaccarono, si smembrarono riducendosi in brandelli l'un l'altro fino a perdere la capacità di muoversi. Curatori e Scelti rimasero impietriti.

Tutti, tranne Era.

Lei si avvicinò ed estrasse ago e filo dalla tasca. Premurandosi di riempirli con la bambagia, con delicatezza ricucì assieme i pezzi in maniera casuale.

Gli altri partecipanti sussurrarono tra loro, io li esortai a stare in silenzio.

Nel frattempo Era terminò il lavoro, ossia un ammasso informe di stoffa e ovatta. «Abbiamo trascorso le nostre esistenze come entità distinte, separate, nemici l'uno dell'altro. Quanto siamo divertenti...»

I proiettili sparati dalla Scelta mi sfrecciarono accanto, intrappolati in un tempo che parve rallentare. Era stata talmente svelta che non mi ero accorta del momento esatto e da dove aveva estratto le pistole, fu come se le avessi viste solo dopo aver udito il fischio dello spostamento d'aria. Quando mi ripresi non feci nemmeno in tempo a vedere gli altri otto cadere; tutti colpiti in mezzo alla fronte (tranne Dexter che si beccò la pallottola in un occhio).

*Sei tu la prova del blocco cinque?*

Non riuscii a parlare, paralizzata da un terrore che avevo conosciuto solo un'altra volta nella vita: alla discarica.

Era puntò la pistola che teneva nella mano destra alla manica vuota della camicia e sparò. Quando premette il grilletto dalla canna non uscì alcun proiettile, solo un timido pennacchio di fumo nero.

«Platone, sai cosa accadde quando l'uomo uscì dalla caverna?» La donna rimise le pistole nei foderi sotto il mantello.

Un rumore sordo e profondo, poi la terra iniziò a tremare. I muri creparono, la polvere cadde dal soffitto e le mattonelle del pavimento si spaccarono. Corsi fuori dalla stanza e mi buttai nel corridoio mentre le scosse mi facevano barcollare.

Uscita dalla Villa capii che il terremoto non era causato da un fenomeno naturale.

## 4.
## Oltre il muro

*Primo anno. Giorno 2.*

Ci fu un'esplosione sotto il muro che separava i blocchi da – cosa? Il cemento si spaccò, poi crollò su se stesso al pari di un sacco vuoto. Prima che potessi vedere cosa ci fosse oltre, la polvere, fitta come la nebbia del mattino, coprì la visuale. Il cielo di stoffa si strappò a causa della tensione, il Sole di plastica si schiantò nel blocco cinque e le lampadine scoppiarono. Queste ultime erano sorrette da un'impalcatura di ferro a forma di cupola, come se fossimo all'interno di un tendone da circo.

*Fenomeni da baraccone. È questo che siamo?*

Guardando in alto i miei occhi furono feriti da lame di luce, molto diversa da quella che per tutta la vita avevo conosciuto. Per la prima volta percepii il calore sulla pelle e capii come si sentisse la neve nei giorni in cui si scioglieva.

«Credo che ormai ti sia chiaro perché per tutto il tempo hai avuto quella sensazione di sospensione. Tu mi hai già vista quel giorno alla discarica, Ada. Io sono sua figlia.»

La voce di Era risuonò anormalmente chiara nella confusione. Si affiancò a me, tirò i cordoncini del mantello e lo lasciò cadere a terra.

*Tu mi hai già vista quel giorno alla discarica... io sono sua figlia...*

Su spalle, gomiti, polsi e dita c'erano delle giunture a forma di sfera, attorno a cui si muovevano e ruotavano quelle che erano parti di una bambola. Afferrò una linguetta sotto l'orecchio e tolse una striscia adesiva che copriva uno scasso che terminava a lato del labbro. Slacciò la camicetta fino a metà, poi l'abbassò fino a metà braccio mostrandomi la schiena: lungo la spina dorsale c'erano, circondati da un anello di ferro, degli avvallamenti al cui centro c'era un buco protetto da una serpentina.

Con un moto di orgoglio, proseguì: «Mio padre mi donò il libero arbitrio sin da quando ancora ero in fasce».

«Cosa sei?»

«Un messaggero. Il mio corpo di neonata è rimasto a marcire all'interno di uno dei macchinari che muovono il cielo. Sono cresciuta all'interno di Computer come un parassita, lentamente, giorno dopo giorno, motivo per cui non si è mai accorto della mia presenza.» Si guardò una mano e la chiuse come per voler afferrare qualcosa. «Mio padre ha costruito questo involucro senza sapere cosa avrei deciso di fare una volta raggiunta la piena consapevolezza su questo mondo. Avrei potuto rimanere silente e osservare ogni Scelto diventare Curatore per l'eternità, oppure—»

«Allora perché lo hai lasciato morire?»

«Ho il controllo su tutto ciò che è connesso a Computer, non sui chip esplosivi. Anche tu avresti potuto lasciarlo morire, quel giorno, durante la prova del blocco cinque. Avresti potuto tagliargli la gola e lasciare che lo sbranassero. Hai cambiato il corso degli eventi più di quanto tu creda. Non saresti arrivata fino a questo momento, è un fatto che posso confermarti per certo.»

Diradata la polvere vidi ciò che era sempre stato celato:

«Cosa sono?»

Altre quattro cupole, ciascuna delle quali racchiudeva un'isola di cui una sospesa in cielo, erano crollate, rivelando luoghi dalla disposizione simile a quelli in cui avevo vissuto, ma tanto diversi da sembrare altri mondi. In quella più a destra, cromata, che si stava aprendo come un fiore, erano presenti edifici arrotondati con colori chiari e dorati e dal cui centro svettava una colonna con il simbolo dell'energia atomica. Nel mondo di mezzo la polvere si era mischiata al vapore ed entrambi venivano spazzati via dal vento, rivelando un enorme anello sospeso su colonne color bronzo e oro. Il penultimo scenario, il più luminoso, si spense per un momento per poi diventare trasparente facendo emergere un mondo pieno di colori fluorescenti e in veloce movimento. Di quello sospeso vidi frantumarsi la cupola che lo circondava, i cui cocci nella parte interna erano neri. Non riuscii a vedere cosa ci fosse al suo interno, se non una grossa struttura composta da due coni speculari.

All'orizzonte una luce accecante mi stordì per un momento. Quando riaprii gli occhi vidi un'esplosione che sollevò una nube dalla forma di un enorme fungo.

«Sono qui per dirti che hai oltrepassato la soglia, Ada; ora puoi uscire dal tuo spazio liminale. Buona fortuna.»

## 5.
## La discarica

*Decimo anno. Giorno 357.*

«Nimh, mi hanno dato il ben servito dallo scomparto della manutenzione. Mi hanno detto che sono stupida come una capra perché ho fatto esplodere qualcosa.»

Il mio Curatore si voltò con una chiave inglese tra i denti. Socchiuse gli occhi e aggrottò le sopracciglia.

«Lascia perdere, non te la prendere. Vado a sentire cosa si è rotto e andiamo a prendere il pezzo di ricambio. La prossima volta, però, stai più attenta o chiedi.»

Osservai Nimh scendere dalla postazione e allontanarsi pulendo le mani dalla morchia con un panno.

*Quanto sei bello... se solo non avessi quarantatré anni!*

Era decisamente il mio tipo: alto, capelli castani e mossi, occhi azzurri e incappucciati, zigomi alti, mandibola squadrata e labbra carnose. Per non parlare dell'odore mascolino che emanava. Non avrei esitato a ritornare nel blocco cinque per lui.

Poco dopo tornò scuotendo la testa.

«Non l'hai rotto tu il condensatore, sono loro a essere degli imbecilli. Scusa se ti ho rimproverata. Dobbiamo andare in discarica a prenderne uno e ripararlo; nel magazzino ricambi non ce ne sono, ho già controllato. E se mi stai per chiedere come mai facciamo sempre la spola, è perché se dovessimo aspettare loro tu faresti in tempo ad andare in menopausa.»

Tempo di lavarci le mani ed eravamo nel deposito delle automobili. Ognuna di queste era contrassegnata con una coppia Curatore-Scelto. A me e Nimh non poteva andar peggio: un vecchio e oblungo catorcio a diesel con il cofano arrugginito e zeppo di ammaccature, le portiere erano tanto malmesse da non chiudersi completamente, mancava uno specchietto e la canna fumaria sopra il tettuccio era coperta da una disgustosa patina marroncina e oleosa.

Nimh sospirò avvilito, salì, sprofondò nel sedile zozzo e imprecò senza la minima compassione per i lamenti delle molle. Io lo seguii protestando con un gemito di ribrezzo.

Procedemmo sulla strada innevata, la quale s'annerì a causa dei gas di scarico e si deformò sotto l'impronta dei cingoli. Il paesaggio era composto da un accecante vuoto bianco macchiato qua e là da qualche albero con gli aghi verdi. La nostra presenza in quel candore era solo di passaggio, eppure di troppo anche se per poco.

Arrivati alle porte della discarica, attaccata al muro dell'Esterno ad Anello, Nimh spense il motore.

Mentre ci avvicinavamo alla montagna di rifiuti mi sorse spontanea una domanda: «Davvero riusciremo a trovare i pezzi di ricambio per Computer in questo mucchio di cianfrusaglie?»

«Non sono cianfrusaglie. Ognuno di questi pezzi ha una storia, è servito per arrivare dove siamo oggi. E potrebbe servire in un futuro per riparare l'irreparabile.»

Osservai Nimh rovistare come un cane in cerca dell'osso.

«Mh, sarà» conclusi facendo spallucce.

Una forma particolare catturò la mia attenzione: l'elastico nero, la plastica rovinata dal tempo, le lenti segnate... un bellissimo paio di occhialini a specchio! Mi avvicinai con l'intento di farli miei, ovviamente premurandomi di chiedere il permesso a Nimh.

«Certo, prendili. Ma prima di metterli dovresti pulir... come non detto... ti verranno le piattole in testa, lo sai vero?» scherzò.

«Ne varrà la pena.» Neanche il tempo di finire la frase che li avevo già indossati.

Prima di aver voltato del tutto la testa, notai con la coda dell'occhio una fessura tra i rottami da dove avevo prelevato gli occhialini. Spostai un paio di oggetti pericolanti per poi scoprire che nascondevano uno spazio circolare al cui centro c'era un corpo. Quest'ultimo era coperto da un telo bianco, quello che si usa per i defunti, da cui uscivano un paio di cavi colorati e uno strano braccio di manichino con delle giunzioni che sembravano dislocate o spaccate.

«Nimh; tu mi hai raccontato dell'assassinio di uno dei vecchi Curatori quando tu eri uno Scelto...»

Lui smise di ravanare e da uno specchio lo vidi voltarsi lentamente. Quello sguardo, dopo poco meno di undici anni, mi fece ricordare da quale blocco provenisse.

«...omettesti la parte su che fine ha fatto il cadavere...»

«Qualunque cosa tu stia vedendo lì dietro, non è pertinente con quella storia. Sai bene che dopo tutti questi anni del corpo sarebbero rimaste solo le ossa.»

«Chi c'è sotto il telo?»

«Ho trovato il condensatore, andiamo?»

Il tono di voce aveva solo la cadenza di una domanda, ma era un'imposizione.

Trovai la lametta arrugginita di un rasoio, e quando fui certa che non mi stesse guardando la afferrai e la infilai tra la guancia e i denti.

Uscimmo dalla discarica in silenzio e altrettanto in silenzio riattraversammo quel vuoto bianco per tornare alla Villa. Fino a metà del tragitto osservai Nimh tenendolo nell'ultima fetta del campo visivo, cercando di non dare nell'occhio. Sapevo che non era tanto stupido da non accorgersene, eppure si comportò normalmente, come se niente fosse.

Sentii la gola stringersi e gli occhi riempirsi di lacrime, poi a seguito di uno spasmo la bocca assunse un sapore ferroso.

«Ada, posso immaginare cosa pensi di me dopo ciò che hai visto. Non ti biasimo per questo, sappilo.» Si passò una mano sullo zigomo per asciugare una lacrima. «Ho avuto mia figlia a diciassette anni, non era voluta ma l'ho amata dal primo vagito. Non l'ho uccisa perché non prevista o perché sono un assassino. Quando Computer ci accoppia svela il nostro blocco di provenienza, ma non le motivazioni che ci hanno spinto a compiere certi gesti. Se non sapessi che hai decapitato tuo zio perché ti molestava avrei pensato le stesse cose che tu ora pensi di me.»

Annuii, rigida come un blocco di ferro. Nimh si concentrò sulla strada senza nascondere gli occhi lucidi. A quel punto mi azzardai a osservare fuori dal finestrino.

«Senti, stacca dal lavoro quando torniamo in Villa e prenditi anche domani. Ci penso io con Computer.»

Feci di nuovo cenno con la testa, combattuta tra il desiderio di uccidere o abbracciare il mio Curatore.

# 6.
# Gargolle

*Decimo anno. Giorno 358.*

All'improvviso Nimh fermò l'automobile.

Aveva lo sguardo fisso su qualcosa, come se fosse ipnotizzato. Iniziai ad avere paura quando dal suo naso smise di uscire il respiro condensato.

«Ehi...» sussurrai.

«Sht. Resta in macchina e accucciati sotto il sedile.»

Uscì dall'abitacolo molto lentamente senza perdere di vista l'oggetto della sua attenzione. In effetti, erano comparsi dei pilastri in pietra sul lato destro della strada e su ognuno di essi c'era un gargoyle. I musi rabbiosi lasciavano scoperti i denti aguzzi, le ali erano il doppio del corpo dai possenti muscoli. Il Curatore iniziò a tremare, ma ero certa che non fosse per il freddo.

Il cielo di stoffa si abbassò come se stesse cadendo e le luci da bianche si fecero cremisi, le ombre si allungarono come artigli e un silenzio funebre mi stordì come un pipistrello sopra un giradischi.

L'eco di uno swing proveniente da un punto indefinito, poi Computer:

«Mancano poche ore a Natale! Quest'anno per ringraziarvi di essere stati servili come non mai e per averci fatti divertire...»

Quell'"averci" non passò inosservato a me. Alzai lo sguardo sul telone disegnato, lo abbassai verso il vuoto che mi circondava, pensai al Sole di plastica e al suo filo di nylon. Mi tornò alla memoria il blocco cinque con il suo aspetto contraddittorio e altalenante e immaginai che pure gli altri blocchi fossero... strani. Tolsi gli occhialini: quegli aggeggi elettronici sulle lenti non avevano senso, perché stavano lì? E in quel momento capii: nulla aveva senso di stare dove stava, nulla era naturalmente contestualizzato; un'accozzaglia di pezzi di mondi scollegati gli uni dagli altri. Un puzzle composto da più puzzle che generava un'immagine senza senso. Rimaneva tuttavia una domanda:

*Chi è quell'"averci" che sta guardando il puzzle?*

L'allarme d'inizio prova risuonò come se fossimo sott'acqua. Vidi Nimh voltarsi verso di me e ordinarmi di bloccare le portiere della macchina. Estrasse le pistole dalle fondine e mirò: sparò ripetutamente ai gargoyle che nel frattempo si erano animati e avevano iniziato a volare, staccando loro dei pezzi.

La prova del quinto blocco era ufficialmente iniziata.

Dal vetro posteriore vidi una delle creature di pietra puntare il Curatore, che gli dava il fianco.

Tolsi la lametta dalla bocca, uscii dall'abitacolo per... non avevo idea di cosa stessi facendo, eppure volevo che tornassimo entrambi vivi alla Villa.

Mi posi nel mezzo. «Nimh!»

Lui si voltò verso di me, poi a destra. Mirò con entrambe le pistole e sparò: erano scariche. Vidi il gargoyle allungare le zampe mentre dispiegava le ali e portava il peso all'indietro. Senza avere il tempo di realizzare l'accaduto, mi sentii incompleta. Mossi la mano destra verso l'arto sinistro, ma le dita afferrarono il vuoto: non avevo più il braccio. Il gargoyle se ne stava appollaiato sul suo piedistallo a stritolare la carne e a mangiarla con appetito. La lametta cadde da quelle dita che non riconobbi come le mie.

Il Curatore si sovrappose tra me e le altre bestie con le braccia aperte. Queste ultime lo attaccarono, ma avvenne qualcosa di strano: non fui certa si trattasse di un'allucinazione frutto del trauma o della realtà, sta di fatto che i gargoyle si bloccarono a mezz'aria, Nimh comparve e scomparve a intermittenza e i colori passarono da accesi a monocromatici un paio di volte.

Alla fine tutto si fece nero.

## 7.
## Il passaggio del testimone

*Sedicesimo anno. Giorno 365.*

«Ada, sveglia. Tanti auguri maschietta.»

Aprii gli occhi cullata dalle parole sussurrate da Nimh. Sedeva sul mio letto ancora in pigiama con la colazione su un vassoio.

«Lo so che non stavi dormendo, mi sono permesso di svegliarti un po' prima. Mangia qualcosa, oggi è un giorno speciale.»

«No, Nimh. Non lo è…»

Dopo un momento di silenzio poggiò il portavivande ai piedi del letto. Sospirò, la schiena incurvata, le mani tra le cosce, unite e con le dita incrociate. Mi accomodai a fianco a lui, portando le ginocchia al petto, e osservai il suo viso: memorizzai ogni pelo della barba, ogni ruga, ogni piccolo dettaglio che in tutti quegli anni potesse essermi sfuggito, prima che fosse troppo tardi. Poi i ricordi mi tradirono e lasciai sfuggire un ridolino. Lui mi guardò sorridendo e con un sopracciglio alzato.

«Sai, quando avevo ventotto anni ti avrei fatto il filo, ma la differenza di età era troppa. Ero davvero cotta.»

«Non mi dire…» cercò conferma Nimh, con gli occhi spalancati.

«Te lo giuro. Pensavo sempre "se solo non avesse quarantatré anni".»

«Santo cielo, Ada, non me lo sarei mai aspettato; ma non nego che il mio ego si stia gonfiando.»

Dopo un primo momento di leggerezza ricademmo nella consapevolezza. Il Curatore sorrise amaramente e mi scosse piano la coscia.

«Dai, alzati; abbiamo tutta la mattina per festeggiare il tuo compleanno. Godiamoci queste ultime ore assieme.»

Non volli regali, non un banchetto; niente di tutto ciò. Lavorammo due ore per sistemare alcune cose in sospeso, uscimmo nell'Esterno ad Anello per giocare con la neve e pranzammo con vitel tonnè, insalata russa e torta caprese osservando quel vuoto bianco. Infine rientrammo in Villa per prepararci.

***

Nimh poggiò il rasoio sul mobiletto di fronte allo specchio e tolse la mantella. Mi aveva tagliato i capelli più corti del solito rasandoli ai lati, cosicché sarebbe trascorso più tempo prima di doverli sistemare di nuovo.

«Non mi piacciono» borbottai.

«Lo so, ma è per il tuo bene. Comunque hai un bel viso, compensi con quello.»

Il Curatore mi diede le spalle per andare a prendere una scatolina nel cassetto del comodino a fianco al letto. La rigirò tra le mani e la guardò come fosse un piccolo tesoro. Quando gli domandai cosa ci fosse all'interno lui si sedette davanti a me e la aprì. Non riuscii a credere ai miei occhi.

«Qualche giorno dopo l'ho trovata ai piedi di uno dei pilastri di pietra, in mezzo alla neve. Quando ti ho riportata in Villa avevi la bocca piena di sangue e dei tagli profondi su guance e gengive, quindi... è stato facile intuire. L'ho conservata per potertela restituire questo giorno; nel dubbio che ti fosse mai saltato in mente di usarla.» Rise e mi contagiò. «L'ho conservata anche per me perché mi ricordassi che, dopotutto, non merito di morire.»

Gli occhi di Nimh erano diventati vacui con il passare del tempo, eppure in quell'azzurro sbiadito vidi ancora la giovinezza di quell'uomo che si era preso cura di me come una figlia.

Aveva conservato anche gli occhialini a specchio e mi chiese di indossarli durante la cerimonia del "passaggio del testimone" cosicché potesse ricordarsi di quel giorno.

«Ada, a che punto sei? Si sta facendo tardi» urlò Nimh per farsi sentire con la porta del bagno chiusa.

«Ho finito, devo solo mettere la camicia.»

Uscii con i calzoni e la fasciatura sul seno. Il Curatore s'inginocchiò e controllò che quest'ultima nascondesse a sufficienza le forme. Confessai di essere un po' arrabbiata con lui, in quanto ero certa che se non avessi passato sedici anni ad appiattire il petto, forse, i miei seni sarebbero stati più grandi e belli.

Gli occhi di Nimh si spostarono oltre le mie spalle e in quel momento udii la porta della stanza chiudersi.

«Lo so e probabilmente hai ragione. Ma a oggi sei l'unica donna tra Curatori e Scelti che non ha ancora subito molestie da Mikel. Farti somigliare a un ragazzo lo terrà alla larga anche quando non ci sarò più, almeno spero…»

«Forse. Vorrei sentirmi donna, ma allo stesso tempo Mikel mi fa troppa paura.»

«Allora non dimenticare di abbassare il timbro di voce e allenati a stringere sempre più forte.»

Poggiai le mani sulle spalle di Nimh mentre lui strinse tanto forte da togliermi il fiato e farmi male fino alla cassa toracica.

***

Un'appendice di Computer, o forse la testa, sbucò dal soffitto e si snodò grazie al suo "collo" di gomma flessibile. L'orecchiabile quanto stupido swing "The Cat's Pajamas" riempì l'ingresso della Villa, luci circensi danzarono come se fosse un allegro evento.

Computer iniziò la sua buffonata: «Buonasera Curatori e Scelti, oggi è il grande giorno del "passaggio del testimone"!»

Osservai i Curatori attendere, uno accanto all'altro, di fronte a noi Scelti. Nimh parve tranquillo, come se avesse accettato da tempo il suo destino. O forse, sentiva finalmente la coscienza leggera. Mi domandai se tra sedici anni, quando ci sarei stata io da quella parte, sarebbe stato come guardare in uno specchio.

Computer continuò a parlare, ma la voce robotica entrò da un orecchio e uscì dall'altro; l'ambiente parve congelarsi. Il collo dei Curatori, all'altezza della carotide, s'illuminò di rosso. Nimh aprì la bocca in uno spasmo di dolore, poi la richiuse stringendo i denti. Allungò la mano con le dita contratte e schiuse le labbra.

«Ti voglio bene» pronunciò senza che potessi sentirlo.

Un momento dopo un lampo, qualche fiamma, il suo collo, come quello degli altri Curatori, spezzato e la testa a penzoloni riversa a terra con il resto del corpo. Il sangue colò giù per un tombino a grate, intanto dei bracci robotici di Computer iniziarono a smaltire i corpi e pulire a terra.

L'ultimo ricordo di Nimh furono i suoi occhi ribaltati verso l'alto e la sclera sporca di rosso. Fu come attraversare una soglia oltre la quale passò solo una parte di me e ciò che restò indietro fece disgregare tutto il resto.

## 8.
## Libero arbitrio

*?? anno. Giorno ??.*

Spalanco la bocca, affamata d'aria. Apro gli occhi e davanti a essi s'affollano numeri, lettere e grafici azzurri. Quando provo ad alzarmi mi rendo conto di avere la testa bloccata in un casco. Lo tolgo, mi metto in piedi e realizzo di non essere sola: sopra a dei lettini disposti in cerchio attorno a una colonna luminosa ci sono...

«Nimh, Era, Corey...» sussurro.

Intanto inizio ad avere freddo, mentre si concretizza la sensazione di varcare la soglia che separa un sogno cosciente dalla realtà. Cammino intorno alla stanza riconoscendo le persone con cui ho condiviso...

*Cos'ho condiviso con queste persone?*

Una porta si apre, dall'altra parte un'intensa luce bianca. Mi copro per proteggermi - da cosa, chi? - essendo in reggiseno e pantaloncini. Cammino verso il bagliore, il piede oltrepassa l'uscio...

«Bravissima!» urla qualcuno.

Sono accolta da scroscianti applausi e fischi di ammirazione. Ora vedo: ci sono uomini e donne seduti su poltrone girevoli, con un abbondante buffet fornito di ogni prelibatezza.

«Vuoi una tartare, pasticcino?»

L'uomo mi avvolge il braccio attorno al collo e con l'altra mi offre da mangiare. Il suo alito puzza di vomito, di uno che si è ingozzato fino alla gastrite. Mi scanso e mi copro per timore che la sua ingordigia possa spostarsi su di me.

«Anche questa volta sei uscita per prima! Ho vinto ancora la scommessa!» strilla una donna.

La guardo senza capire di cosa sta parlando. Prima che io possa esigere chiarimenti, lo sguardo è attratto dai cinque schermi sulla parete di fronte alla tavolata: ognuno di essi porta sulla sommità una targhetta, in particolare "Epoca del Diesel", "'50", "Gli Anni del Vapore", "Cyberspazio" e "Nuovi Mondi". Mi avvicino e le immagini, da quelle che sembrano vicissitudini di altri inconsapevoli, cambiano, trasmettendo stanze uguali a quella da cui sono uscita; in effetti riconosco Nimh ed Era.

Cinque scenari differenti, dieci coppie, venticinque settori e cinquanta partecipanti.

L'uomo con l'alito pestilenziale giustifica la situazione: «Essere ricchi porta a conseguenze poco piacevoli, tipo la noia. Da quando quella fottuta guerra nucleare ci ha portato via tutto abbiamo dovuto ripiegare su passatempi alternativi».

«Ora sei una privilegiata, carina. Ma non come noi, ovviamente. Sei stata nello schermo per tanto tempo, ora che sei qui non ti senti una star?» La donna con la voce stridula allarga le braccia.

«Negli altri scenari nessuno è mai uscito tante volte quante te» interviene un altro.

«Quante volte sono uscita?»

Qualcuno fa scoppiare fragorose risate, come se la situazione fosse divertente: «Abbastanza da mandarmi al verde!»

«Ora sta a te decidere, carina: vuoi tornare nella simulazione per riprovare a portare fuori anche i tuoi amici come hai sempre fatto da Curatrice, oppure preferisci tentare la sorte all'esterno?»

Rimango impietrita, incapace di scegliere. Tutto svanisce; i rumori si ovattano fino al silenzio, gli occhi percepiscono solo nero. La mia mente si blocca, sospesa in un non luogo in cui il tempo perde di significato: uno spazio liminale.

## Spazio Liminale – Dietro le quinte

Il primo abbozzo di progettazione risale a prima dell'approdo in Edizioni Open. In effetti, ci sono state un paio di variazioni dall'"originale", ad esempio il numero di capitoli (minore ma di maggior lunghezza rispetto alla versione ufficiale). Anche lo smistamento di Curatori e Scelti e le mansioni a favore di Computer erano diverse, in quanto nella versione ufficiale gli scomparti con le relative mansioni combaciano con i relativi blocchi, ma nella prima versione era lo smistamento dei Curatori a determinare con chi e in quale blocco avrebbe operato la coppia.

Il personaggio di Nimh nasconde ben due peculiarità. La prima è il nome stesso: un omaggio a uno dei miei cartoni animati preferiti sin dall'infanzia, ossia *Brisby e il segreto di NIMH.* Inoltre, l'aspetto di Nimh è stato ispirato dall'attore australiano Cody Fern. Per quanto riguarda Computer, la sua forma è stata ispirata a quella del cortometraggio *There Will Come Soft Rains* di Nazim Tulyakhodzhayev.

La scena dei pupazzi che si smembrano, con Era che li ricuce assieme e l'intera scena dell'attacco dei gargoyle provengono da due sogni che ho fatto la stessa notte. L'unica differenza è che invece del catorcio a diesel c'erano i cavalli.

# Ringraziamenti

A mia madre che è sempre stata la prima a leggere le mie storie e a darmi consigli, a mio padre a cui non piace leggere ma che ha sempre fatto il tifo. A Marco che ha creduto in me più di quanto io non abbia mai fatto.

A Cristiana e Irene, le mie Dive, che sono state come una madre e una zia di penna. A Emiliano, il nerd, che ha sempre portato una ventata di positività. A Giuseppe, Roberto, Maria Luisa, Nicola e Micol che potrò finalmente abbracciare a Lucca Città di Carta ad aprile 2026. A tutta la comunità di Edizioni Open che mi ha accolta e seguita fino a questo giorno. E a Tiziano che ha reso possibile questo sogno che avevo sin da bambina.

A Manuel Giovanardi, Chiara Borroni e Clara Tosello per le tavole interne, a Giovanna Iannoccari per la foto di copertina e il video presentazione. Tutti cari amici il cui contributo artistico e umano è stato vitale per la realizzazione dell'opera.

Alle mie ex compagne di classe delle superiori, che se non mi avessero distrutta non avrei potuto usare quei pezzi per costruire le mie storie.

## Biografia

Mary Chiara Malavasi, classe 1996, nata a Mirandola in provincia di Modena.

È cresciuta con la passione per la fantascienza e l'astronomia grazie al padre e per la scrittura e il genere horror per merito della madre.

Non è chiaro se la vocazione per l'inchiostro sia nata prima per i tatuaggi o per la scrittura, sta di fatto che ha portato avanti entrambe.

Ama i vecchi libri raccattati ai mercatini delle pulci, i videogiochi, la musica metal e i gatti (soprattutto i neri e i rossi).

Ha scritto e pubblicato per *LibriCK - La rivista degli scrittori*, numeri 11 e 13.

Le sue storie nascono dalla rielaborazione di esperienze, luoghi e canzoni. *Prisma* le rende nero su bianco, nel suo romanzo d'esordio.

## Sommario


Cobalto

1. Non dovrebbero sopravvivere 1
2. Un giorno qualsiasi 6
3. Nessuno scampo 10
4. Il principio 17
5. La mutazione 24
6. Settecentosettantotto 30
7. La colpa 38
8. Il viaggio 46
9. La voce delle machine 52

Cobalto – Dietro le quinte 54

Il pianeta a strati

1. Il pianeta e la nave 59
2. Il sole è malato 63
3. Il frutto proibito 66
4. La sedazione 70
5. Il Rituale delle preghiere 73
6. Un tempo fu la Terra 76
7. Sangue gelatinoso 81
8. Gli incorporei, gli empirei e i corporei 85
9. Dinastie 89
10. Metallo biomorfico 94
11. Padre, figlio e spirito santo 98
12. Rinunce e misericordia 102
13. Casa 106

Il pianeta a strati – Dietro le quinte 110

Spazio Liminale

1. I curatori e gli scelti 113
2. Sospensione 118
3. La prova 122
4. Oltre il muro 126
5. La discarica 129
6. Gargolle 134
7. Il passaggio del testimone 137
8. Libero arbitrio 142
Spazio Liminale – Dietro le quinte 145

Ringraziamenti 147
Biografia 149
Sommario 151
Alcuni commenti pubblicati sulla piattaforma EdizioniOpen.it 153

## Alcuni commenti pubblicati sulla piattaforma EdizioniOpen.it

*C'è sempre tanta umanità nei tuoi racconti che tu definisci, propriamente di genere sci-fi. Ai miei occhi di lettrice si presenta un corpo mutato di cui tu fornisci molti dettagli e fai descrizioni precise e accattivanti. Però la chiami Ursula, che è un nome splendido e antico e mi fai intendere che non è mai diventata madre e forse questo le manca. È inseguita da macchine a dir poco infernali, eppure il mondo che la circonda sembra rassicurante, prati e venticello piacevole. Mette molta nostalgia la sensazione che Ursula trasmette di aver perso qualcosa e si sente la sua solitudine, nonostante il suo cuore sia forte e le gambe agili. Bravissima Mary che torni con una nuova serie che litiga e fa a pugni fra un futuro distopico e un passato che è rimasto attaccato alle dita della protagonista. Mi sembra che la tua penna si sia ulteriormente sciolta. Scioglila del tutto e lasciala correre perché credo che sia la tua giusta strada.*

[Cristiana Pezzotti]

*Leggendo di queste mutazioni dove viene conservato il ricordo di essere stati umani, e questi organismi sono in grado di cogliere il significato intrinseco della vita, mi viene la pelle d'oca. Sei abilissima nello stare in perfetto equilibrio tra la pura fantasia e un'ipotetica realtà, leggo e mi dico: è invenzione che rimarrà tale? O ci sta predicendo il futuro quest'abile ragazza?*
*Ma la parte bella non è la risposta. È cullarsi nella lettura, e godersi quanto è scritto bene. Brava Mary!*

[Irene Magni]

*Questo racconto – la sua conclusione – è speculare a I Promessi Sposi: diversi tipi di peste, una madre che trasporta Cecilia, Andrea che trasporta il fratello. Siamo in epoche diverse, è questa la differenza? No, per Manzoni la misericordia è al centro di tutto*

*(Benedici il tuo nemico), per Mary la misericordia non viene concessa. Se ci guardiamo intorno, vediamo che ha ragione lei.*

[Francesca Chiesa]

*Dopo aver letto il commento di Cristiana non aggiungerei altro: mi si adatta perfettamente. E poi no, una cosa la aggiungo: l'amore si adegua a qualsiasi situazione, prende vita anche nella miseria, nello sporco, nell'incertezza e cresce concimato e rafforzato nelle situazioni più disperate. Hai la magia nelle dita (o nella mente) cara Mary.* 👏👏👏👏

[Giuseppe Salemi]

*Aw! ♥ Ok! Ok! Abbiamo un sistema carcerario gestito da una macchina, accoppiamenti coatti per i lavori forzati, contrasti tra i vari settori e personaggi quanto meno peculiari... Ah già, c'è anche il diesel! 😃 Direi che gli ingredienti per una ricetta fumosa e interessante ci sono tutti! Mi sa che mi tocca seguirti! ♥_♥*

[Emiliano Grancagnolo]

*Un ottimo inizio Mary, complimenti. Mi è sembrata una nuova versione molto originale di un inferno dantesco in un'era apocalittica, tra macchine che comandano con la loro intelligenza artificiale e uomini finiti male, molto spesso per qualche loro deficit o disturbo mentale. Trovo questo mix di umano e inumano molto interessante e a tratti divertente, per il tuo stile narrativo ironico e leggero.*

[Maria Luisa Manca]

Grazie per aver acquistato un libro Edizioni Open.

Se *Prisma* ti è piaciuto, lascia una recensione su Amazon e consiglialo ai tuoi amici.

www.ingramcontent.com/pod-product-compliance
Lightning Source LLC
LaVergne TN
LVHW090522110826
845146LV00003B/945

* 9 7 9 1 2 8 1 1 2 8 3 3 0 *